Bender/Bliesener/Georg/Speidel

Mordskerle morden anders

Crime Stories

Early Bird Books

Die Handlungen der Crime Stories und alle in diesem Buch auftretenden Personen sind frei erfunden. Ähnlichkeiten mit noch lebenden oder bereits verstorbenen Menschen sind rein zufällig. Bezüge zu tatsächlichen, bedeutenden staats- oder weltpolitischen Ereignissen dienen lediglich der zeitlichen Einordnung der Handlung.

1. Auflage 2024

Titelgestaltung: Kai Bliesener
Satz: CreativeCommunications, Reilingen.
Titelbild: Jan F. Welker
Printed in Europe
ISBN 978-3-98576-045-9

www.earlybirdbooks.de

MORDSKERLE MORDEN ANDERS ist auch als eBook erhältlich

Vorwort

Bis 2019 existierten die Mordskerle nur als vage Idee im Kopf von vier Krimiautoren. Im Jahre 2020 machten sich die vier daran, die Idee in die Realität umzusetzen. 2022 hatten sie schließlich ihren ersten gemeinsamen Auftritt – und dann gleich richtig: bei einer Charity-Veranstaltung in den TV-Studios der Fernsehserie »SOKO Stuttgart«.

Jeder der vier Mordskerle hatte sich bis dahin schon solo in den unterschiedlichen Sub-Genres der Kriminalliteratur einen Namen gemacht: Joachim Speidel als J. S. Frank mit seinen harten und gleichzeitig humorvollen Noir- und Hardboiled-Krimis und -Thrillern, Rudolf Georg mit seinen Geschichten über raffinierte juristische Fälle mit überraschenden Wendungen, in denen er glaubhafte Charaktere zum Leben erweckt, Kai Bliesener mit Politthrillern, in denen gekonnt brisante Themen aus der bundesdeutschen Vergangenheit und Gegenwart behandelt werden, sowie Jochen Bender als Autor von Regionalkrimis mit »klassischen« Polizeiermittlern, die sowohl im Schwabenland als auch im hohen Norden an der Ostseeküste spielen.

Mit MORDSKERLE MORDEN ANDERS haben die Mordskerle ihre erste Anthologie vorgelegt, in der Sie, liebe Leserinnen und Leser, Krimikost vom Feinsten erwartet. Glückliche und nicht ganz so glückliche Tote, jede Menge Kugeln, ein knallharter Chauffeur und ein netter, älterer Herr, der sich auf eine scheinbar ganz harmlose Reise begibt …

Viel Spaß beim Lesen!
Julia Hofelich

Thrillerautorin und Mitglied im Syndikat und bei den Mörderischen Schwestern

EINER WENIGER

von
Jochen Bender

Gequält stöhnte sie auf. Ihre rechte Hand wollte an den schmerzenden Schädel fassen, sie bekam diese jedoch nicht frei. Ihre Zunge war pelzig geschwollen. Ein höllischer Durst plagte sie. Mühsam öffnete sie die Augen, schloss diese jedoch wegen des grellen Lichts sofort wieder. Aber nur für einen kurzen Moment. Vorsichtig blinzelnd schlug sie erneut ein Auge auf und suchte trotz der quälenden Helligkeit nach dem Glas Wasser, das sie immer auf dem Nachttisch auf ihrer linken Seite deponiert hatte. Dort stand jedoch nichts, kein Glas und nicht einmal ein Nachttisch. Suchend streifte ihr Blick umher, strich über die rosafarbenen Wände. Rosa? Sie hasste Rosa! Wo zum Teufel war sie?

Adrenalin schoss durch ihren Körper. Abrupt setzte sie sich auf. Der kleine, fensterlose Raum in abscheulichem Pink enthielt außer dem Bett nur einen zweiflügligen, weiß lackierten Kleiderschrank und einen ebenfalls weißen Deckenfluter. Wo war sie? Und vor allen Dingen: Wie war sie hier gelandet? Sie konnte sich an nichts erinnern, ihr Kopf dröhnte und schmerzte schrecklich.

Die Tür öffnete sich, ein Mann trat ein.

»Wie schön, dass du endlich aufgewacht bist. Wahrscheinlich hast du ziemlichen Durst.«

Er trug ein kleines Tablett mit einer Kristallkaraffe Wasser und einem Glas darauf. Gierig blickte sie auf das köstliche Nass, zugleich überkam sie die schreckliche Gewissheit, dass hier etwas ganz und gar nicht stimmte. Sie löste ihren Blick von der Karaffe und ließ ihn zum Gesicht des Mannes hochwandern.

»Du?«

Sie wollte aus dem Bett springen, wurde von ihrer rechten Hand jedoch zurückgerissen. Ihr Kopf fuhr herum. Fassungslos starrte sie auf die Handschelle, mit der sie an das stabile Metallgestänge des Bettes gefesselt war.

»Was soll das! Mach mich sofort los!«

»Die Handfessel bleibt vorläufig, wo sie ist. Lass uns lieber darüber reden, was du für ein Glas Wasser tun musst.«

Mit einem provozierenden Grinsen füllte er mit schmalem Strahl das Glas, während seine Worte nach und nach in ihr Bewusstsein sickerten.

»Was ich … für ein … Glas Wasser … tun muss?«

*

Bedrohlich dicker Nebel hing über dem Odenwald. Die feuchte Kälte drückte schwer auf Sonjas Stimmung. Dumpfe Glockenschläge der Kirche drüben im Ort kündeten die Geisterstunde an. Die junge Frau wünschte sich weit weg. Sie schaffte es kaum noch, ihre Augen offenzuhalten. Jede Faser ihres Körpers sehnte sich nach ihrem Bett. Aber dieser Sehnsuchtsort war unerreichbar. Also gähnte Sonja herzhaft.

»Mund zu, es zieht!«

Ein gehässiges Grinsen im Gesicht lauerte er auf ihre Reaktion. Sie schluckte schwer. Jedes Wort von ihr würde seine Bösartigkeit anheizen. Also erwiderte sie nichts. Seit sie in seinen BMW gestiegen war, verhielt er sich ihr gegenüber kalt und abweisend, ignorierte sie weitestgehend. Schlüpften doch einmal an sie adressierte Wörter über seine Lippen, trieften jene vor Sarkasmus und Gehässigkeit. Dabei hatte er bis vor

Kurzem, getrieben von der Hoffnung, ihre Gunst zu erobern, Süßholz geraspelt.

Seit Stunden quälte sie die Frage nach der Ursache seines veränderten Verhaltens. Hatte er endlich kapiert, dass er nie bei ihr landen würde? An diesem Punkt kippte das Verhalten der Typen ihr gegenüber oft ins Gegenteil. Lag es schlicht daran? Das wäre zwar nicht schön, aber damit käme sie zurecht. Oder hatte er herausbekommen, was sie getan hatte? Die hatten ihr zwar absolute Vertraulichkeit zugesichert. Sollte aber doch etwas zu ihm durchgesickert sein?

Ein Adrenalinstoß weckte sie schlagartig. Sie schluckte schwer. In diesem Falle traute sie ihm alles zu, sogar einen Versuch, sie zu töten und den Mord anschließend als Unfall zu kaschieren. Darin besaß er schließlich Übung.

Ein Zittern durchlief ihren Körper. Bemüht, die Kontrolle zu behalten und sich äußerlich nichts anmerken zu lassen, presste sie die Lippen fest aufeinander und starrte stur durch die Windschutzscheibe in die Dunkelheit.

Draußen schnitt eine einsame Straßenlaterne einen kümmerlichen Kegel gelblichen Nebels aus der dräuenden Finsternis. Plötzlich war sie sich sicher, das Böse raste auf sie zu! Ein Kribbeln schoss ihren Rücken empor bis in ihren Hinterkopf, während sich ihre Härchen aufstellten. Gepresst atmete sie ein und aus, während ihre Gedanken rasten. Verlor sie die Nerven? Oder lauerte dort draußen tatsächlich das Böse auf sie? Wie eine Antwort auf ihre Frage tauchten genau in diesem Augenblick von links zwei Scheinwerfer auf. Trotz des dichten Nebels raste ein dunkler Kastenwagen an ihnen vorbei. Im roten Schein der Rücklichter starrte ihr aus dem entschwindenden Wagen die hässliche Fratze des Gehörnten entgegen. Ihr Herz setzte für einen Schlag aus.

»Hast du das gesehen?«

Er startete den Motor und trat das Gaspedal durch. Die leistungsstarke Maschine heulte auf.

»Den schnappen wir uns!«

Mit quietschenden Reifen schoss der BMW los, während das Fenster auf der Fahrerseite herunter surrte. Routiniert setzte er das magnetische Blaulicht aufs Dach, verzichtete aber aus Rücksicht auf die friedlich schlafenden Odenwälder auf das Signalhorn. Sonja hielt den Atem an, während ihre Gedanken rasten. War Bernd irregeworden? Spürte er nicht das Böse, das von dem flüchtenden Wagen ausging?

»Dem hängt ja ein halber Hirsch hinten raus!«, empörte ihr Kollege sich. »Um diese Zeit kann das nur ein Wilderer sein! Wenn wir Glück haben, ist es Rainer Raubach! Der fährt so einen dunklen Kastenwagen und wohnt in der Richtung!«

Hirsch? Wilderer? Sonjas Anspannung ließ etwas nach, ihr Atem entwich mit einem leichten Pfeifgeräusch. Bernd gab trotz des Nebels Gas und schloss zu dem verdächtigen Fahrzeug auf. Kurz hinter dem berühmten Jagdschloss Eulbach bog der flüchtende Wagen ohne zu blinken scharf links ab und raste mit gequält aufheulendem Motor den Berg hinauf. Ihre üppig motorisierte Limousine beschleunigte hingegen trotz der Steigung mit einem mühelosen Schnurren. Bernd chauffierte den BMW dichter an den Flüchtenden heran und forderte ihn per Lautsprecherdurchsage auf, sofort anzuhalten. Sonja starrte gebannt auf das Fahrzeug vor ihnen.

Zunächst schien der Fahrer nicht zu hören, aber unvermittelt bremste er mitten auf der Landstraße scharf ab. Bernd brachte das zivile Polizeiauto wenige Meter hinter ihm zum Stehen. Peinlich berührt erkannte nun endlich auch Sonja, dass kein Teufel, sondern ein Hirschkopf mit eher bescheidenem Geweih aus der leicht geöffneten Heckklappe ragte. Dummerweise hing er so, dass er das Kennzeichen verbarg. Oder hing er überhaupt nur deswegen heraus?

»Steig aus und stell die Personalien fest!«

Er sah sie nicht an, während sich in ihrem Magen ein Klumpen bildete.

»Und was machst du?«

»Ich warte hier.«

Sonja zögerte, aber der Kommissar war ihr Vorgesetzter. Also rückte sie ihre Mütze zurecht, öffnete die Tür und stieg aus. Klamme Kälte überfiel sie, drang durch jede Ritze ihrer Kleidung und ließ sie frösteln. Blaulicht und Warnblinkanlage flackerten in verschiedenen Rhythmen, tauchten aber gemeinsam mit dem Nebel die Szenerie in eine unheimliche Atmosphäre. Sie zauderte, überwand ihren Unwillen, beugte sich ins Wageninnere und fragte: »Kannst du mich nicht wenigstens sichern?«

»Tu ich doch!«

Unsicher, wie er das meinte, verharrte sie gebeugt, mit dem Kopf in der Limousine. Er starrte stur geradeaus, rührte sich nicht.

»Steigst du dazu nicht aus?«

Sein Kopf fuhr herum, seine Augen schossen Blitze in ihre Richtung.

»Jetzt mach schon, Mädchen! Mit einem Blaulicht im Nacken wird der schon nicht auf dich schießen!«

Als schösse eine giftige Viper auf sie zu, schreckte sie zurück und stieß sich dabei schmerzhaft den Hinterkopf am Haltegriff der Beifahrerseite. Ihre Mütze purzelte zu Boden.

»Wie blöd kann man sich eigentlich anstellen! Hier geht's doch nur um eine einfache Fahrzeugkontrolle!«

Hastig angelte die Polizeihauptmeisterin sich ihre Mütze, setzte sie wieder auf und schob sie mit zittrigen Fingern zurecht, während sie gegen ihre Tränen ankämpfte. Mehr als einmal hatte Bernd sich martialisch, die Maschinenpistole im Anschlag, hinter dubiosen Fahrzeugen postiert, während sie die Fahrer kontrollierte. Aber die Zeiten waren offensichtlich vorbei, wohl für immer. Zögerlich näherte Sonja sich dem dunklen Kastenwagen. Erneut spürte sie das Böse, das von ihm ausging. Verängstigt legte sie die Hand an ihre Pistole.

*

Trotz oder vielleicht auch gerade wegen ihrer Unterschiedlichkeit funktionierten sie als Team exzellent. Das keineswegs im Sinne eines harmonischen Miteinanders, im Gegenteil, sie mochten einander nicht, zumindest nicht jeder jeden. Eher ertrugen sie einander, was sich in den Spitznamen ausdrückte, die sie sich verpasst hatten: Clint, Quentin, Agatha und der Professor. Ihre Erfolgsquote war legendär. Dank ihrer sich nahezu perfekt ergänzenden jeweiligen Qualitäten hatten sie so erfolgreich Mordfälle aufgeklärt, dass sie intern die *Mordskerle* genannt wurden.

Clint war sich sicher, sie könnten auch hier dem Staatsanwalt rasch einen Täter präsentieren. Nur würde man sie in diesem Fall nicht ermitteln lassen.

Clint war der Boss. Er stand im Zentrum, alles drehte sich um ihn. Sogar die Kriminal-Techniker, die sich äußerst ungern von den Ermittlern in ihre Arbeit hineinquatschen ließen, folgten ohne zu murren seinen Anweisungen.

In diesem Moment traf Quentin als letzter ihres Quartetts mit seinem Privatwagen am Tatort ein. Eigentlich hatte

Quentin heute frei. Clint hatte ihn trotzdem angerufen, und er hatte es nicht gewagt, auf seinem freien Tag zu beharren. Mit einem verdrießlichen Gesichtsausdruck kam er in Levis, rot-blau kariertem Hemd und Jeansjacke auf ihn zu.

»Was haben wir?«

»Einen toten Kollegen. Er wurde mit drei Schüssen aus kurzer Distanz regelrecht hingerichtet.«

»Scheiße! Wie kann so etwas passieren, noch dazu hier, mitten im Odenwald?«

Clint sagte nichts, starrte Quentin einfach nur an.

»Was ist?« Er runzelte seine Augenbrauen. »Kennen wir den Kollegen?«

Mit fest aufeinandergepressten Lippen nickte Clint.

»Sehr gut sogar.«

»Wer ist es?«

»Bernd.«

»Bremmer?«

Erneut nickte Clint.

»Scheiße! Scheiße! Scheiße! ...« Quentin schlug sich mit der Faust in die offene Hand. »Was wissen wir?«

»Bernd war heute Nacht auf Streife und wollte einen Wilderer kontrollieren.«

Fassungslos schüttelte Quentin den Kopf, während er auf den dunklen BMW starrte, dessen Seitenscheibe auf der Fahrerseite zersplittert war.

»War er etwa alleine unterwegs?«

»Nein.«

»Wer war bei ihm.«

»Die schöne Sonja.«

Quentin schnappte nach Luft.

»Was ist mit ihr?«

Clint antwortete nicht gleich, sondern fixierte die Augen seines Kollegen. Zwischen Sonja und Quentin war etwas gelaufen, bis sie ihn ziemlich heftig abserviert hatte.

»Nun sag schon!«

»Wir wissen es nicht.«

»Wie … Was heißt das?«

»Sonja ist spurlos verschwunden.«

Quentin starrte Clint mit offenem Mund an. Schließlich schloss er ihn, schluckte und fragte: »Du meinst, der Wilderer … Bernds Mörder … hat sie entführt?«

»Falls es den Wilderer überhaupt gab.«

»Moment, da komme ich jetzt nicht mit!«

»Sonja gab an die Zentrale durch, sie würden einen dunklen Kastenwagen, aus dessen Heckklappe der Kopf eines Hirsches hinge, wegen des Verdachts auf Wilderei kontrollieren. Ob dieser Wagen tatsächlich existiert oder ob Sonja ihn bloß erfunden hat, wissen wir nicht.«

»Warum sollte sie so etwas tun?«

Clint verdrehte seine Augen. »Natürlich, um von sich abzulenken! Vielleicht taucht sie in ein paar Tagen ausgehungert und verschmutzt irgendwo auf, erzählt unter Tränen, der Wilderer habe sie entführt und in einem dunklen Loch festgehalten, bis ihr schließlich die Flucht geglückt sei. Wo sich ihr Kerker befinde, könne sie nicht sagen, da sie tagelang durch den Wald geirrt sei.«

»Du meinst …«

»Das Kaliber der Projektile in Bernds Kopf entspricht dem unserer Dienstwaffen! Du weißt selbst, was zwischen den beiden vorgefallen ist! Herauszufinden, was passiert ist, wird man allerdings bestimmt nicht uns überlassen. Wir kannten die beiden viel zu gut. Ich vermute, in Darmstadt überlegt man sich in diesem Augenblick, wem man die Ermittlungen überträgt.«

*

Im Polizeipräsidium Südhessen befand sich in diesem Moment Kommissar Sebastian Steinfatt auf dem Weg zu Dr. Wagner. Der Polizeipräsident hatte einen Sonderauftrag für ihn. Sebastian war durchaus gespannt, wie dieser lautete. Heute konnte er Ablenkung besonders gut gebrauchen, hatten ihn doch letzte Nacht seine sich im Kreis drehenden Gedanken weitgehend vom Schlafen abgehalten.

Am Abend zuvor hatten Anica und er sich erstmals gestritten. Angefangen hatte es mit ihrer Beschwerde über seine manchmal ruppige Art. Mit in die Hüfte gestemmten Fäusten hatte sie ihn aufgefordert, sich ihr gegenüber künftig wie ein Gentleman zu benehmen. Das hatte ihn derart provoziert, dass er höhnisch erwidert hatte, ob sie denn nicht wisse, was ein Gentleman sei. Als sie ihn daraufhin nur verständnislos anstarrte, fuhr er fort, ein Gentleman sei einer, der Frauen einrede, sie könnten nicht denken und daher auch nicht selbst entscheiden, sondern benötigten seinen Schutz und seine Fürsorge. Ein Gentleman suggeriere Frauen, sie seien nur etwas wert, wenn sie seine Aufmerksamkeit erlangten. Allerdings werbe er nur so lange um sie, bis er sich ihrer sicher sei und entpuppe sich dann als Despot, der alle Entscheidungen treffe und dem sie sich unterzuordnen haben. Das klinge doch alles ziemlich nach 16. Jahrhundert.

Er, Sebastian, sei definitiv kein Gentleman, sondern eher so der Typ für Augenhöhe zwischen Frau und Mann. Während er all das von sich gab, hatte sie ihn nur groß angeschaut.

Als er seinen Ärger los war, hatte sie sich umgedreht und war schluchzend in ihr Schlafzimmer geflüchtet. Umgehend hatte er seine Worte bereut, aber einmal mehr war es zu spät gewesen. Anica hatte sich eingeschlossen und ihn fortgeschickt.

Warum konnte er auch seine Klappe nicht halten? Hatte er deswegen nicht schon genug Ärger bekommen? Bei seinem letzten Fall war er wegen seines losen Mundwerks sogar suspendiert worden und hätte um ein Haar seinen Job verloren.

Die Sekretärin von Dr. Wagner schickte ihn gleich hinein. Der Polizeipräsident wartete bereits auf ihn. Sebastian war beinahe enttäuscht, nur den Alten vorzufinden.

»Steinfatt! Endlich, wurde auch Zeit! Unsere Videokonferenz startet gerade!«

»Guten Morgen, Herr Dr. Wagner.«

»Guten Morgen, setzen Sie sich dorthin. Die Leiterin der Regionalen Kriminalinspektion Odenwald ist bereits online, und der Staatssekretär wird gerade zugeschaltet.«

Sebastian nahm Platz. Auf dem großen Bildschirm an der Wand erschienen die Erbacher Kriminalrätin Ehlert und der Staatssekretär Dr. Maihold, dem Sebastian schon bei seinem letzten Fall begegnet war. Nach einer knappen, formellen Begrüßung kam Frau Ehlert zur Sache.

»Letzte Nacht wurde Kommissar Bremmer im Dienst erschossen. Polizeihauptmeisterin Schäfer, die mit ihm auf Streife war, verschwand spurlos. Es besteht die Möglichkeit, dass sie ihn mit ihrer Dienstpistole erschossen hat. Sie können sich vorstellen, wie sich die Medien auf die Sache stürzen werden. Der Skandal rund um den höchsten Polizisten des Landes ist noch allzu präsent und …«

Eine halbe Stunde später befand Sebastian sich auf dem Weg nach Erbach. Er leitete die Ermittlungen und durfte sich zu seiner Unterstützung jeden Kollegen dazu holen, den er wollte. Einzig der Presse gegenüber durfte er kein Wort äußern, sondern musste konsequent auf den Pressesprecher des Innenministeriums verweisen. Das hatte ihm der Staatssekretär persönlich eingeschärft, der um Sebastians gute Pressekontakte wusste.

Zusätzliche Brisanz erhielt der Fall durch den Umstand, dass die Polizeihauptmeisterin Schäfer sich drei Tage zuvor an die interne Ermittlung gewandt hatte, um eine Aussage über Kommissar Bremmer zu machen. Die Kollegen von der Internen hatten die Aussage als bizarr und juristisch nicht verwertbar bezeichnet. Sie vermuteten, Frau Schäfer habe sich durch ihre Aussage an dem Kollegen Bremmer rächen wollen. Sebastian begriff, dass zwischen den beiden eine explosive Stimmung geherrscht haben musste.

Lag der Fall so einfach? War ein Streit unter Kollegen so stark eskaliert, dass die junge Polizistin in einer emotionalen Ausnahmesituation zu ihrer Waffe gegriffen hatte? Sebastian seufzte.

*

Am Tatort, nicht weit entfernt vom Jagdschloss Eulbach, fragte sich Clint, ob sie hier noch etwas Sinnvolles tun konnten oder ob es Zeit war abzurücken. Hierzu wollte er sich mit seinem Team besprechen, und so machte er den anderen Zeichen, dass sie zu ihm kommen sollten. Der in seinem Auto sitzende Professor ignorierte die stumme Aufforderung jedoch oder nahm sie schlicht nicht wahr. Erst als Clint zwei Finger in den Mund steckte und einen schrillen Pfiff ausstieß, zuckte der Professor zusammen und löste den Blick vom Bildschirm seines Notebooks. Umgehend signalisierte er Zustimmung, schob seine verrutschte Brille zurecht, schloss umständlich das Notebook auf seinem Schoß und entstieg schließlich etwas ungelenk dem Wagen. Wie immer war er für einen Mordermittler äußerst förmlich gekleidet. Heute trug er neben Hemd und Anzug sogar noch eine Weste. Seiner steifen Kleidung verdankte er neben dem Gerücht, sich mehrmals erfolglos als Dozent an der Polizeihochschule in Wiesbaden beworben zu haben, seinen Spitznamen.

Endlich waren sie komplett: Clint, Quentin, der Professor und Agatha, den die beiden harten Hunde im Team als zu weibisch ansahen. Die Mordskerle waren vier alte weiße Männer, ein Team ohne auf den ersten Blick erkennbare Diversität. Trotzdem hatten sie bisher jeden ihrer Fälle gelöst. Nun, divers waren sie durchaus aufgrund ihrer sehr unterschiedlichen Persönlichkeiten. Nur zählte diese Kategorie in manchen Augen eben nicht.

»Wie lauten eure Hypothesen? Was ist hier heute Nacht geschehen?«, fragte Clint in die Runde.

Die drei anderen sahen einander auffordernd an. Wie meist war es Quentin, der vorlegte: »Hypothese Nummer eins lautet, die Spannungen zwischen Sonja und Bernd sind derart eskaliert, dass sie ihn erschossen hat.«

»Okay! Wie hat sie es gemacht?«

»Sonja ließ ihn unter einem Vorwand anhalten, stieg aus und lief im Dunkeln hinten um den Wagen herum. Dann erschoss sie ihn durch die Seitenscheibe. Um eine falsche Spur zu legen, setzte sie anschließend den Funkspruch mit dem Kastenwagen ab, dessen Nummernschild ein Hirschkopf verdecke.«

»Okay, klingt plausibel. Alternativen?«

»Ja! Seht ihr die Bremsspuren dort?«, fragte Agatha.

Mit der Hand zeigte er auf zwei kurze, schwarze Striche wenige Meter vor dem BMW.

»Was ist mit denen?«

»Sie sehen frisch aus und könnten tatsächlich von einem Kastenwagen stammen. Hypothese zwei lautet daher, das Fahrzeug existiert tatsächlich, und unsere Kollegen verfolgten es bis hierher. Der Flüchtende hatte von vorneherein geplant, genau hier anzuhalten, erkannte aber wegen des Nebels letzte Nacht die Stelle erst spät und musste daher eine Vollbremsung hinlegen.«

»Warum hätte er denn ausgerechnet hier halten wollen?«

»Weil weit und breit nur hier ein immergrüner Strauch direkt neben der Fahrbahn wächst, noch dazu ein äußerst stattlicher. Der Strauch verschaffte ihm die Gelegenheit, auf der Beifahrerseite ungesehen von unseren Kollegen auszusteigen. Im Dunkeln schlug er einen Bogen um den BMW, um die beiden von hinten zu überraschen.«

»Wozu? Er hätte doch einfach durch die Windschutzscheibe schießen können!«

»Vielleicht wollte er ja gar niemanden töten, sondern dachte, die beiden würden zeitgleich aussteigen. Dann hätte er einen von hinten packen und mit der Pistole bedrohen können, damit der andere seine Waffe rausrückt. Anschließend hätte er beide gefesselt und wäre mit seinem Auto davongefahren. Immerhin kannten unsere Kollegen sein Kennzeichen nicht.

Als nur Sonja ausstieg und Bernd im BMW sitzenblieb, geriet er in Stress. In so einer Situation kannst du unmöglich beide Personen gleichzeitig unter Kontrolle bringen. Also erschoss er kurzerhand den Fahrer und bedrohte anschließend Sonja.«

Die drei anderen blickten zwischen dem Gewächs, den Bremsspuren und dem BMW hin und her. Schließlich fällte

Clint das Urteil: »Denkbar, aber warum hat er Sonja nicht auch erschossen?«

»Vielleicht weil es leichter ist, durch eine Scheibe zu schießen, ohne sein Opfer zu sehen, als auf einen Menschen, der mit erhobenen Händen wehrlos vor einem steht? Vielleicht aber auch schlicht, weil Sonja eine attraktive Frau ist?«

Allen ging durch den Kopf, was dies für ihre Kollegin bedeuten würde. Quentin schüttelte sich und warf ein:

»Falls der Fahrer des Kastenwagens trotz Dunkelheit und Nebel gezielt neben dem Strauch anhielt, muss er sich hier verdammt gut auskennen!«

»Und exakt dieser Umstand …«, griff der Professor die Vorlage eifrig auf, »… schränkt den Kreis möglicher Tatverdächtiger enorm ein! Das Wild im Heck würde darauf hindeuten, dass er sich nach erfolgreicher Wilderei auf dem Heimweg befand. Dafür kommen eigentlich nur wenige Orte als Destination in Frage. Meine bisherige Recherche ergab nur drei im fraglichen Bereich gemeldete Kastenwagen.«

Sichtlich stolz blickte der Professor auffordernd in die Runde.

»Drei?«, brummte Quentin. »Dann haben wir das Schwein heute Abend ja!«

»Es kommt sogar noch besser!«, triumphierte der Professor.

»Noch besser?« Clint starrte aus schmalen Schlitzen auf ihn herab. »Wie meinst du das? Besser, als nur drei Verdächtige überprüfen zu müssen, geht doch kaum!«

Der Professor lächelte stolz.

»Darf ich vorstellen, unser Hauptverdächtiger!«

Er klappte sein Notebook auf und streckte es den anderen dreien entgegen. Das grimmig dreinblickende Porträt eines etwa Vierzigjährigen erschien auf dem Bildschirm.

»Rainer Raubach!«, riefen Clint und Quentin im Chor.

Der Professor nickte.

»Exakt! Er wohnt nur wenige Kilometer von hier entfernt, hat mehrere Vorstrafen wegen Wilderei und musste seinen Waffen- und Jagdschein abgeben!«

»Das ist unser Mann!«, entschied Clint. »Bernd war fest davon überzeugt, dass Rainer Raubach weiterhin wildert und wollte ihm unbedingt das Handwerk legen! Bestimmt dachte er heute Nacht, endlich wäre es so weit. War es auch fast, aber dann lief die Sache schrecklich schief!«

Clint wandte sich ab und stiefelte auf seinen Ford Gran Torino zu. Dort angekommen öffnete er den Kofferraum, entnahm ihm seine schusssichere Weste und legte sie sich an. Die anderen drei waren ihm gefolgt und sahen stumm zu.

»Worauf wartet ihr? Holen wir uns das Schwein!«

»Gute Idee!«

Quentin wandte sich seinem eigenen Wagen zu, wurde jedoch vom Professor am Ärmel festgehalten.

»Augenblick mal, das ist doch nicht euer Ernst! Wir sollen ihn uns holen? Das geht auf gar keinen Fall! Wir müssen ein MEK anfordern!«

»Hat der Herr Professor wieder mal Angst?«, stichelte Quentin.

»Ruhe, Männer!« Clint trat zwischen sie. »Wir können kein MEK anfordern, solange Raubach nur einer von mehreren Verdächtigen ist. Aber wir können ihn zumindest fragen, wo er heute Nacht war! Und natürlich können wir uns seinen Wagen ansehen! Was meinst du, Agatha?«

Von den vieren waren Quentin und Clint fürs Grobe zuständig, schreckten dabei weder vor einer Schlägerei noch vor einer Schießerei zurück. Agatha war in ihren Augen eine

Memme, besaß aber ein geradezu unheimliches Gespür für alles Menschelnde, also Eifersucht, Neid, Rachsucht und ähnliche Regungen, die häufig als Motiv dienten. Jetzt stand Agatha da und schluckte schwer. Die Anwendung von Gewalt war absolut nicht sein Ding, genauso wenig das des Professors, der staubtrockener Recherche-Arbeit den Vorzug gab.

»Clint und ich gehen rein, während ihr den Hinterausgang sichert«, brummte Quentin versöhnlich.

»Also gut, das kriegen wir hin!« Agatha nickte.

»Moment!«, protestierte der Professor. »Sollten wir die ganzen Ermittlungen nicht lieber …«

»Stopp!«, rief Clint energisch.

Schlagartig kippte die Stimmung. Unvermittelt herrschte High Noon. Gleich würden Wyatt Earp und Billy the Kid ihre Revolver ziehen, um die Sache ein für alle Mal auszutragen.

»Worauf willst du hinaus?«, setzte er nach.

Wie eine Klapperschlange ihre Beute fixierte Clint sein Gegenüber, ohne im Geringsten mit der Wimper zu zucken. Der Professor schluckte schwer, während Agatha ihn gebannt anstarrte. Würde er es wirklich wagen, das Unsagbare auszusprechen?

»Worauf wohl?«, entgegnete der Professor tapfer. »Natürlich darauf, dass du und Kollege Bremmer …«

»Wage es nicht!«, brauste Clint mit der Heftigkeit eines plötzlich einsetzenden Orkans auf. »Wir fahren! Der Professor fährt bei mir mit!«

Agatha sah seinen Kollegen in sich zusammenfallen. Als jener mit gesenktem Haupt zur Beifahrerseite des Gran Torino trottete, erinnerte er ihn an einen zum Tode Verurteilten auf dem Weg zum Schafott.

*

Sebastian wartete im Eingangsbereich der Regionalen Kriminalinspektion Odenwald seit über zwanzig Minuten darauf, abgeholt zu werden. Zahlreiche Polizisten waren an ihm vorbeigelaufen, hatten ihn neugierig angesehen, und manche von ihnen hatten bei seinem Anblick miteinander getuschelt. Offensichtlich hatte es sich herumgesprochen, weswegen er hier war. Dass man ihn so lange warten ließ, behagte ihm überhaupt nicht. Just in dem Augenblick, als er sich darüber beschweren wollte, kam eine Brünette mit einem praktischen Kurzhaarschnitt auf ihn zu und brachte ihn zur Chefin. Als er deren Büro betrat, fiel ihm gleich die rote Gesichtsfarbe auf, die sie bei der morgendlichen Videokonferenz noch nicht gehabt hatte.

»Ah, Kommissar Steinfatt, nehmen Sie bitte Platz.«

Kriminalrätin Ehlert führte ihn zu ihrer Besprechungsecke und setzte sich ihm gegenüber.

»Entschuldigen Sie die lange Wartezeit, aber ich erhielt gerade unerfreuliche Neuigkeiten bezüglich des Mordes an Kommissar Bremmer.«

Sie stockte und holte tief Luft. Sebastian ahnte, wie stark sie um ihre Fassung rang.

»Natürlich«, fuhr sie fort, »obliegt Ihnen die volle Leitung der Ermittlungen, aber für den ersten Angriff wurde bereits unser bestes Team losgeschickt.«

»Heißt das, Ihre Leute ermitteln, obwohl sie das Mordopfer persönlich näher kennen?«

»Nicht nur das, der Tote war viele Jahre Teil der Mordsker… äh … des Teams, das den ersten Angriff durchführt!«

»Was?«

Sebastian starrte die Leiterin der RKI entsetzt an. »Worauf warten Sie dann noch? Pfeifen Sie Ihre Leute sofort zurück!«

»Das habe ich ja versucht, aber alle vier haben ihre Telefone ausgeschaltet. Die Mordskerle haben eine sensationelle Erfolgsquote. Leider neigen sie aber gelegentlich zu Eigenmächtigkeiten.«

*

Ein halb verfallenes Haus, abseits des Dorfes am Waldrand gelegen. Genau so stellte man sich das Quartier eines Wilderers vor, der sich bei Nacht direkt von seiner Tür weg mit rußgeschwärztem Gesicht und umgehängtem Gewehr zum Wildern in den Wald schleicht, ohne dass ein Nachbar es bemerkt. Die vier Mordskerle standen zwischen herbstlich verfärbten Hainbuchen und starrten hinab auf das Gebäude. Ihre Schutzwesten und ihre aus den Holstern ragenden Pistolen verliehen ihnen ein martialisches Aussehen.

»Sieht unbewohnt aus, nirgends brennt Licht und aus dem Schornstein steigt kein Rauch auf«, meinte der Professor.

»Ich sehe ihn!«, meinte sagte Quentin, der das Ganze durchs Fernglas betrachtete. »Seht ihr die Scheune neben dem Haus?«

»Die ist kaum zu übersehen!«

»In ihr läuft er unruhig hin und her. Sieht aus, als ob er telefoniert.«

»Zeig her!« Clint streckte auffordernd seine Hand aus. Nach einem Augenblick des Zögerns reichte Quentin ihm sein Fernglas. Clint hob es an die Augen und starrte durch das offenstehende Tor ins Innere der Scheune. In diesem Augenblick trat der Mann aus dem Tor, warf einen Blick in alle Richtungen und verschwand wieder im Inneren.

»Das ist eindeutig Raubach! Den holen wir uns!«

»Hält er nicht eine Pistole in der Hand?«, fragte der Professor.

»Quatsch! Seit wann kann man mit einer Pistole telefonieren?«

Der Professor verdrehte seine Augen.

»In seiner anderen Hand!«

Die beiden härtesten Mordskerle tauschten Blicke, zuckten dann mit den Schultern.

»Außer dir hat keiner etwas gesehen. Wir gehen da jetzt runter und holen ihn uns! Der Professor kommt mit mir. Quentin, du und Agatha, ihr versucht, von hinten in die Scheune zu kommen!«

»Aber …«, setzte Agatha an.

»Ruhe! Jetzt wird nicht diskutiert!«

Wenige Minuten später kauerten Clint und der Professor an der Wand neben dem offenstehenden Scheunentor, Clint vorne, der Professor fast hinter ihm versteckt. Angstschweiß perlte auf seiner Stirn, rann in seinen Kragen hinab. Trotzdem versuchte er, den Inhalt des Telefonats in der Scheune zu belauschen.

Im nächsten Moment hörte er, wie Quentin an der Rückseite der Scheune eine Tür aufriss und »Polizei, keine Bewegung!« brüllte. Nur Bruchteile von Sekunden später stand Clint vor dem offenen Scheunentor und brüllte selbiges hinein. Unmittelbar darauf folgten die Explosionen zweier Schüsse, die des Professors Ohren klingeln ließen.

*

Sebastian wollte sich einen persönlichen Eindruck vom Tatort in der Nähe des Schlosses Eulbach machen. Kaum war er dort angekommen, als er zurückgepfiffen wurde. Offensichtlich hatten die Erbacher Kollegen eigenmächtig entschieden, einen Verdächtigen zu verhaften.

Die Verhaftung hatte allerdings schlimm geendet.

Zurück in Erbach war Sebastian froh, dass seine Kollegin Sabrina Eisele mittlerweile eingetroffen war. So konnten sie sich die Befragungen der in die Regionale Kriminalinspektion zurückgekehrten Mordskerle aufteilen. Anschließend stellten sie fest, dass deren Aussagen bis ins kleinste Detail haargenau übereinstimmten.

Die vier Beamten hatten Rainer Raubach in seiner Scheune telefonieren hören. Das hatten sie als eine günstige Gelegenheit, ihn zu überrumpeln, angesehen. Schließlich hatte er sich in der Vergangenheit schon mehrfach massiv gewaltbereit gegenüber Polizisten gezeigt. Daher waren sie gleichzeitig von zwei Seiten in die Scheune eingedrungen und hätten sich dabei laut und deutlich als Polizisten zu erkennen gegeben. Plötzlich habe Rainer Raubach aber eine Pistole in der Hand gehalten und damit auf Kommissar Beilstein gezielt, woraufhin jener ihn in Notwehr erschossen habe. Keiner der Beamten habe die Pistole zuvor gesehen.

Herrn Raubachs Tod ließ Sebastian kalt. Man zielte nicht mit Waffen auf Polizisten. Im Hinblick auf die vermisste Kollegin stellte sein Tod allerdings eine Katastrophe dar. Sollte Herr Raubach sie in ein Verlies gesperrt haben, würde sie dort nicht lange überleben, zumindest falls sie kein Wasser hatte. Eine gründliche Durchsuchung seines Hauses mit einem Spürhund lieferte keinen Hinweis auf die vermisste Polizeihauptmeisterin.

Im Magazin von Rainer Raubachs Pistole fehlten drei Patronen, ihr Kaliber stimmte mit der Tatwaffe überein. Auch lag in seinem Kastenwagen tatsächlich ein toter Hirsch. Mithin standen die Chancen gut, dass die Mordskerle den Richtigen gefunden hatten. Die Kriminaltechnik versprach, dies noch heute herauszufinden.

Absolute Priorität erhielt ab sofort die Suche nach der vermissten Kollegin. Alle waren damit einverstanden, dass diese von den Erbachern übernommen wurde. Unterstützung erhielten sie durch Beamte anderer Reviere und der Einsatzhundertschaft. In diesem Moment zählte jede Stunde, wollte man die Vermisste lebend finden.

*

Der nächste Tag startete für Sebastian gut. Die Kriminaltechniker hatten die Nacht durchgearbeitet und bestätigt, dass es sich bei der Pistole von Rainer Raubach tatsächlich um die Tatwaffe handelte. Außerdem hatte sich ein im Laderaum des Kastenwagens gefundenes Haar der verschwundenen Polizistin zuordnen lassen. Da das Haar weit hinten gefunden worden war und man im Laderaum kein menschliches Blut nachgewiesen hatte, bestand die Hoffnung, dass Sonja Schäfer lebend mit dem Fahrzeug transportiert worden war. Hatte sie gefesselt neben dem toten Hirsch gelegen? Wie es ihr wohl gerade ging?

*

Ihre Zunge war zu einem pelzigen Fremdkörper im Mund geworden. Speichel besaß sie schon lange keinen mehr. Bis zu ihrer Gefangenschaft hatte Sonja nicht gewusst, wie stark Durst einen Menschen quälen konnte, wie sehr er einen an Grenzen brachte. Ihr war klar, mit welchem Ziel ihr Entführer sie so quälte: um sie zu brechen und sie sich gefügig zu machen.

Sie stöhnte auf. Es würde ihm gelingen. Ihr Widerstand war schon lange gebrochen. Sie konnte an nichts anderes als an Trinken denken. Ein Glas einfaches, köstliches Leitungswasser erschien ihr das kostbarste Gut der Welt.

Anfangs hatte sie laut um Hilfe gerufen und gegen die Wände geklopft. Niemand hatte reagiert. Nur das leise Summen der elektrischen Belüftung drang an ihr Ohr. Wahrscheinlich war sie in einem Keller tief unter der Erde gefangen.

Der irre Österreicher, der seine Tochter jahrelang als Sex-Sklavin in den Keller eingesperrt hatte, kam ihr in den Sinn. Wie hieß er noch mal? Um sich von ihrem höllischen Durst abzulenken, versuchte sie, sich zu erinnern, aber sein Name wollte ihr partout nicht einfallen. Ob ihr das gleiche Schicksal wie seiner Tochter drohte? Egal, gerade konnte sie kein Grauen darüber empfinden. Hauptsache, sie bekam bald etwas zu trinken. Warum kam er nicht?

*

Rainer Raubach war offensichtlich ein schwieriger Zeitgenosse gewesen. Schon in der Schule hatte er sich mit allen angelegt, permanent rebelliert und sich auf Teufel komm raus nicht angepasst. Mehrmals war er von Schulen geflogen und schon früh als Kleinkrimineller in Erscheinung getreten. Wie viele mit ähnlichem Werdegang erlebte er neben Lehrern auch Polizisten als die Vertreter der Obrigkeit. Lehrer waren aus seinem Leben verschwunden, aber mit den uniformierten Repräsentanten der Staatsgewalt hatte er sich weiterhin angelegt, sie zu seinen Hassobjekten gemacht. Rainer Raubach hatte regelmäßig Polizeibeamte provoziert, sie beleidigt und sich mit ihnen geprügelt. Allerdings hatte er hierbei nie Waffen eingesetzt.

Sebastian fragte sich gerade, was ausgerechnet bei diesem

Fall zu Herrn Raubachs exzessiven Gewaltanwendung geführt haben mochte, als der Anruf einer Anwältin zu ihm durchgestellt wurde. Was diese zu sagen hatte, wollte er zunächst nicht glauben. Unmittelbar nach Ende des Telefonats rief er beim Polizeiposten in Miltenberg an.

Die bayrischen Kollegen bestätigten die Angaben der Anwältin. Danach war bei dem Fall nichts mehr wie zuvor. Sebastian saß lange schweigend hinter dem Schreibtisch, suchte dann seine Kollegin Sabrina und erörterte die neuen Informationen mit ihr. Beide stimmten darin überein, die Mordskerle möglichst bald erneut zu befragen.

*

Kriminalhauptkommissar Carsten Beilstein, Spitzname *Clint*, zeigte sich offen überrascht, zur missglückten Festnahme Rainer Raubachs ein zweites Mal befragt zu werden. Es behagte ihm ohnehin nicht, dass ausgerechnet der Kollege Steinfatt zum Leiter der Ermittlungen ernannt worden war. Jener war wie er selbst ein exzellenter Ermittler. Was seine Erfolgsquote anbelangte, brauchte Clint sich nicht hinter seinem Darmstädter Kollegen zu verstecken. Allerdings verdankte er selbst seine Erfolge eher rustikalen Methoden, während sein Kollege vom Polizeipräsidium Südhessen als Experte für Befragungen galt. Von ihm Befragte verrieten stets mehr, als sie vorgehabt hatten. Dass die obersten Bosse Steinfatt mit der Aufgabe betrauten, zeigte, wie ernst es ihnen mit einer lückenlosen Aufklärung war.

Wie bei solchen Befragungen üblich forderte Steinfatt ihn zunächst auf, wie am Vortag minutiös den Ablauf des Einsatzes zu schildern, der zum Tod des Verdächtigen geführt hatte. Clint war Profi genug, sich hier nicht den kleinsten Schnitzer zu erlauben. Seine Schilderung stimmte bis ins kleinste Detail mit seinen bisher in den Akten dokumentierten Aussagen überein.

Das konnte daran liegen, dass er die Wahrheit sagte. Oder er war ein guter Lügner.

Was zutraf, würde Sebastian herausfinden.

»Wie sind Sie eigentlich auf Herrn Raubach als Verdächtigen gestoßen?«

»Der Professor fand heraus, dass in der fraglichen Gegend nur drei Kastenwagen registriert sind. Einer der drei war auf Rainer Raubach zugelassen. Da wir um die Fehde zwischen ihm und Kommissar Bremmer wussten …«

»Wer sind wir?«

Clint sah Sabrina und Sebastian irritiert an.

»Warum …«

»Wir stellen die Fragen!«

Kommissar Beilstein öffnete den Mund, besann sich aber rechtzeitig und schloss ihn wieder. Stattdessen schüttelte er missbilligend den Kopf, verzog den Mund und zuckte mit den Schultern.

»Jeder von uns vieren wusste davon.«

»Danke, das war´s!«

Clint sah Sebastian erstaunt an.

»Mehr wollen Sie nicht wissen?«

»Momentan nicht«, Sebastian schob seine Papiere zusammen. »Sie können gehen.«

Zögernd erhob Clint sich und verließ mit einem erneuten Kopfschütteln den Raum. Sabrina begleitete ihn und brachte anschließend den Professor mit. Als Sebastian ihm zur Begrüßung die Hand reichte, war die Innenfläche der Hand des Befragten feucht.

Steinfatt bot ihm einen Stuhl an, setzte sich ihm gegenüber und sortierte umständlich die Akte vor sich, bis er unvermittelt den Kopf hob und loslegte: »Wie sind Sie auf Herrn Raubach gestoßen?«

Sein Gegenüber zuckte zurück, schluckte und leckte sich nervös über die Lippen.

»Ja, nun ... die Kollegin Schäfer hatte an die Zentrale durchgegeben, dass sie einen dunklen Kastenwagen kontrollieren wollten. Daher schaute ich, auf wen entsprechende Fahrzeuge im Umkreis zugelassen sind.«

Sebastian sah ihm tief in die Augen. Schweigend fixierte er ihn so lange, bis er wegschaute.

»Sind Sie da ganz sicher?«

»Ja.«

»Hat nicht vielleicht doch einer Ihrer Kollegen den Namen zuerst genannt?«

»Nein, der Name erschien auf der Liste der Zulassungsstelle.«

Steinfatt nickte.

»Wussten Sie von der Fehde zwischen Ihrem Kollegen Bremmer und Herrn Raubach?«

»Ja.«

»Wer wusste noch davon?«

»Keine Ahnung, aber Bernd hat da kein Geheimnis daraus gemacht, im Gegenteil. Ich vermute, hier im Haus wussten es viele.«

»Und von Ihnen vier?«

»Alle! Warum wollen Sie das wissen?«

Es war ihm anzusehen, dass die Richtung der Fragen ihn zunehmend verunsicherte und nervös machte. Sebastian schwieg, um der Nervosität seines Gegenübers mehr Raum zu geben.

»Ihre Fragen klingen so, als ob Herr Raubach …« Der Professor brach ab, schluckte nervös und starrte dann vor sich auf den Tisch. Sebastian sah ihn erneut einfach nur an.

»Herr Raubach hat ganz sicher nicht den Mord an Kommissar Bremmer begangen!«, brach Steinfatt schließlich sein Schweigen.

Jetzt war die Katze aus dem Sack. Sebastian beobachtete gespannt die Reaktion seines Gegenübers. Dessen Kopf schoss in die Höhe. Mit weit aufgerissenen Augen und offenem Mund starrte er den Darmstädter Kommissar an.

»Nicht?«

Sebastian schüttelte seinen Kopf.

»Woher wollen Sie …«

»Herr Raubach war zur fraglichen Zeit Gast unserer bayrischen Kollegen in Miltenberg.«

»Gast?«

»Er saß bei ihnen in einer Zelle.«

»Oh Gott!« Der Professor schluckte schwer. »Wie kann das sein? Immerhin stellten wir die Tatwaffe bei ihm sicher!«

»Die Frage, wie die Waffe dorthin gelangte, ist zentral für die weiteren Ermittlungen. Haben Sie vielleicht hierzu eine Idee? Oder noch besser: Haben Sie eine hilfreiche Beobachtung diesbezüglich gemacht?«

Der Professor starrte seinen Befrager an, blinzelte dabei mehrmals. Schließlich traf ihn der Schock der Erkenntnis mit solcher Brutalität, dass er seine Fassungslosigkeit nicht zu verbergen vermochte. Sebastian schätzte die Reaktion als authentisch ein, aber vielleicht war sein Gegenüber auch einfach nur ein exzellenter Schauspieler.

Der Professor rang sichtlich nach Luft und krächzte schließlich: »Wollen Sie damit andeuten, einer meiner Kollegen könnte die Waffe dort deponiert haben? Aber …«, er schluckte erneut schwer, »… aber dann wäre ja einer von ihnen Bernds Mörder!«

»Sie haben als Einziger nicht ausgesagt, dass Herr Raubach mit seiner Waffe auf Kommissar Beinstein gezielt hatte …«

»Weil ich noch vor der Scheune stand! Ich konnte es gar nicht sehen!«

»Könnte einer der drei anderen Herrn Raubach die Waffe untergeschoben haben?«

»Nein!«

»Wie können Sie sich da so sicher sein? Sie standen doch draußen …«

»Weil ich die Pistole schon in seiner Hand gesehen habe, bevor wir zum Haus hinuntergingen!«

»Da haben Sie gestern aber etwas anderes ausgesagt!«, mischte sich Sabrina mit strenger Stimme ein.

Schuldbewusst, mit offensichtlich schlechtem Gewissen warf er ihr einen Blick zu.

»Ich war mir nicht ganz sicher. Als Rainer Raubach kurz vor die Scheune trat, meinte ich, eine Pistole in seiner Hand gesehen zu haben. Aber die anderen wollten sie nicht wahrgenommen haben. Da dachte ich …«

»Moment! Sie haben den anderen Ihre Beobachtung mitgeteilt?«

»Ja.«

»Und? Wie haben Ihre Kollegen reagiert?«

»Behauptet, sie hätten nichts gesehen. Clint meinte, wir gehen runter und schnappen ihn uns.«

Sabrina und Sebastian wechselten einen Blick. Hatte Kommissar Beilstein verhindern wollen, dass Herr Raubach aussagte, man habe ihm die Waffe untergeschoben? Als die

Erbacher Kollegen bei seinem Haus eingetroffen waren, hatte er gerade mit seiner Anwältin telefoniert und ihr mitgeteilt, dass ihm jemand einen erlegten Hirsch untergeschoben habe.

»Fanden Sie es nicht ungewöhnlich, einen Mann mit einer Pistole in der Hand verhaften zu wollen? Kam Ihnen trotz der Gefahr dieser Situation nicht in den Sinn, ein MEK anzufordern?«

»Mir schon, aber die anderen sind so! Agatha ausgenommen, aber Clint und Quentin sind ein bisschen verrückt. Die scheuen kein Risiko. Manchmal denke ich, die legen es sogar darauf an, dass es mal schiefgeht.«

*

Die weiteren Ermittlungen ergaben folgendes Bild: Rainer Raubach war mit seinem Motorrad zu einer Kneipentour nach Miltenberg aufgebrochen. Das machte er mittwochs wohl mehr oder weniger regelmäßig. Kurze Zeit nach dem Motorrad war auch sein Kastenwagen am Haus des Nachbarn vorbeigefahren, was diesen gewundert hatte.

Jemand hatte also seinen Transporter gestohlen und ihn mittels eines Hirsches präpariert, um die Kollegen der Nachtstreife in eine Falle zu locken. Kommissar Bremmer lauerte hatte auf nächtlicher Streife gerne auf dem nicht weit vom Tatort entfernten Parkplatz gelauert.

Hätte Rainer Raubach nicht nach einer Kneipenschlägerei die Nacht in einer Miltenberger Ausnüchterungszelle verbracht, würden sich die Ermittlungen auf ihn konzentrieren. Einem wie ihm glaubte man nichts, und es wäre ihm vermutlich schwergefallen, ein glaubwürdiges Alibi zu bringen. So fiel er definitiv als Polizistenmörder aus.

Als Täter kam daher, zum Entsetzen aller, nur ein Polizist in Betracht. Wer sonst konnte von Kommissar Bremmers Nachtschicht, seinen Gewohnheiten, sowie von seiner Fehde mit Rainer Raubach gewusst haben? Rasch konzentrierten sich die Ermittlungen auf die Frage nach dem Motiv für die Tat.

Hier geriet mehr und mehr Clint ins Visier der Kriminalpolizei. Vor zwei Jahren, als Kommissar Bremmer noch selbst in der RKI gearbeitete hatte, hatte Clint schon einmal einen Verdächtigen »in Notwehr« erschossen. Allerdings waren nach dem Vorfall hässliche Gerüchte aufgetaucht, es sei gar keine Notwehr gewesen, sondern Clint habe dem Toten nachträglich eine Pistole in die Hand gedrückt und mit dessen Finger zweimal abgedrückt, damit jener auch Schmauchspuren an sich hatte.

Bremmer war bei dem Einsatz dabei gewesen und somit der einzige Zeuge. Gerüchteweise hatte Clint seither an seinen Kollegen Schweigegeld gezahlt. Keiner konnte die ursprüngliche Quelle dieser Gerüchte benennen. Bremmer hatte kurz nach dem Vorfall um seine Versetzung in den Streifendienst gebeten, ein äußerst ungewöhnlicher Schritt für einen Kriminalkommissar.

Die verschwundene Polizeihauptmeisterin Schäfer hatte wenige Tage vor ihrem Verschwinden gegenüber den internen Ermittlern ausgesagt, Bremmer habe ihr detailreich erzählt, dass Kommissar Beilstein damals keineswegs in Notwehr gehandelt, sondern den Verdächtigen kaltblütig und absichtlich erschossen habe. Allerdings hätten einige der von ihr erzählten Details nicht zu kriminaltechnischen und gerichtsmedizinischen Befunden gepasst, sodass die Internen gerätselt hatten, ob Bremmer ihr bewusst eine Geschichte erzählt oder sie sich das Ganze nur ausgedacht habe. Als die Ermittler ihre Zweifel äußerten, sei sie ausfallend geworden, habe die Beamten verhöhnt und von ihnen gefordert, sie mit einem Mikrofon zu verkabeln, dann werde sie von Beilstein persönlich ein Geständnis beibringen.

Eine Rückfrage bei ihrem Revierleiter hatte ergeben, dass er sich seit Längerem schon große Sorgen um die junge Beamtin gemacht hatte, weil ihre Persönlichkeit sehr instabil geworden sei. Früher sei sie zuverlässig und beliebt gewesen, seit einiger Zeit jedoch extrem launisch. An manchen Tagen sei sie nahezu euphorisch, dann wieder total still und deprimiert. Einige Kollegen hätten sich über abwertende und beleidigende Äußerungen von ihr beschwert, was früher nie vorgekommen wäre.

Agatha räumte ein, Frau Schäfer zufällig nicht nur beim Verlassen des Büros der Internen gesehen zu haben, sondern auch gehört zu haben, wie sie im Hinausgehen lautstark ausgerufen hatte, sie werde ein Geständnis von Beilstein besorgen. Das hatte Agatha brühwarm seinem Kumpel Clint erzählt. Kommissar Beilstein hatte also von der Aussage der Polizeihauptmeisterin gewusst.

*

Clint wurde erneut befragt. Danach war er völlig ausgelaugt. Kaum zurück an seinem Schreibtisch, klingelte auch schon das Telefon. Die Sekretärin zitierte ihn knapp und unmissverständlich zur Leiterin der RKI. In den letzten Tagen hatte sich etwas Schweres, Bedrohliches in seinen Eingeweiden eingenistet. Auf dem Weg zum Büro seiner Vorgesetzten wurde es immer größer und schwerer. Als er an ihre Tür klopfte, zitterte er.

Wenig später schlich er tief beschämt aus dem Gebäude und flüchtete sich in seinen Gran Torino. Eine Umdrehung mit dem Zündschlüssel weckte die Bestie. Ihr sattes Blubbern kündete von der Power des V8-Motors. Wütend trat Clint das Gaspedal durch. Die Bestie brüllte auf und schoss mit durchdrehenden Reifen vom Hof.

Keine Sekunde kam es ihm in den Sinn, sein Haus anzusteuern. Was sollte er dort? Stattdessen fuhr er auf die Bundesstraße 47. Kurz vor Eulbach verließ er sie wieder. In Würzberg beherrschte er sich mühsam, während sein rechter Fuß juckte. Scham und Wut kochten in ihm hoch. Da hatte er sich jahrelang den Arsch für seinen Job aufgerissen, und dann das! Respektlos hatte man ihn suspendiert, ihm einfach die Waffe und den Dienstausweis abgenommen! Dumpf fuhren seine tristen Gedanken einträchtig mit seinem Selbstmitleid Karussell.

Im Angesicht des Ortsende-Schildes senkte er den rechten Fuß. Die Bestie brüllte erneut auf, katapultierte ihn mit Urgewalt vorwärts. Die Beschleunigung presste ihn in den Sitz und zauberte ein Lächeln in sein Gesicht. In diesem Moment war er wieder einer der harten Jungs eines amerikanischen Road-Movies.

In Breitenbuch bremste er halbherzig ab, danach gab er sofort wieder Vollgas. Die erste Serpentine schoss auf ihn zu. Im letzten Augenblick bremste er kurz und entschlossen, kurbelte dann flink am Lenkrad. Der schwere Wagen triftete mit jaulenden Reifen durch die Haarnadelkurve, an deren Scheitelpunkt Clint wieder Vollgas gab.

In seiner Vorstellung verzerrte sich das Gesicht der Kriminalrätin zu einer Fratze, die ihn höhnisch auslachte. Augenblicklich schrumpfte er zu einem Rabauken. Wütend riss

Clint die rechte Hand vom Lenkrad und zeigte seiner Chefin sowie der gesamten Polizeiführung den Stinkefinger.

Bei der zweiten Serpentine bremste er ein Ticken später und gab ein halbes Ticken früher Gas, was die Reifen mit einem bedrohlichen Quietschen quittierten. Ein Teil von ihm wünschte sich, dass der Wagen ausbrach und an den Felsen zerschellte. Nichts dergleichen geschah. Vor der dritten und letzten Haarnadelkurve bremste ihn ein gemütlich bergab zuckelnder Familien-Van in Kombination mit Gegenverkehr aus. Clint holte tief Luft. Vielleicht war es gut, dass er sein Glück nicht noch weiter strapazierte.

Durch die Täler und über die Bergrücken des Odenwalds raste Clint wie ein Berserker, überholte, wo es nur ging, und schiss dabei auf das Risiko. Als ihm ein schwerer Lastwagen entgegenkam, spürte er den Impuls, auf die Gegenspur zu ziehen. Der Laster raste vorbei, drängte mit seiner Druckwelle den Gran Torino von der Straße. Clint steuerte automatisch gegen. Sekundenbruchteile später bedauerte er seine Feigheit. Die nächste Gelegenheit würde er nicht ungenutzt verstreichen lassen! Angespannt starrte er voraus, lauerte auf einen weiteren Lastwagen.

Als ob jemand schützend seine Hand über ihn hielt, kam ihm kein Lastwagen mehr entgegen, zumindest kein genügend großer und schwerer. Einen Unschuldigen wollte er nicht mit ins Jenseits nehmen. Nach und nach verrauchte seine Wut. Auf die Abflachung seines Adrenalinpegels reagierte sein Körper mit matter Erschöpfung. Kurz entschlossen steuerte er die Krone in Höchst im Odenwald an.

Das *Zweierlei vom Ibericoschwein* schmeckte himmlisch. Allein dieser Genuss war es wert, am Leben zu bleiben. Während er bedächtig kaute, dachte er an Sonja und Bernd. Wenige Kilometer entfernt hatten sie auf einem Parkplatz auf ihr Verderben gewartet.

Clint gönnte sich noch ein warmes Schokoladenküchlein und einen Espresso, ehe er gemächlich zurückfuhr. Erbach erreichte er in der Dämmerung. Als er schwungvoll in seine Einfahrt einbog, strichen die Scheinwerfer über eine dunkle Gestalt auf seiner Treppe. Der Eindringling in sein Revier weckte Clints Kampfgeist. Vor seinem inneren Auge sah er sich, wie er ihn am Kragen packte und ihn auf die Straße warf, mahnte sich aber zur Besonnenheit. Wer immer da vor seinem Haus auf ihn wartete, führte nichts Böses im Schilde, sonst würde er sich verbergen. Zur Sicherheit nahm er trotzdem seine private Pistole und die massive Maglite aus dem Handschuhfach an sich, ehe er ausstieg. Im Schein der Taschenlampe erkannte er die auf der Treppe sitzende Gestalt.

»Du?«

Clint trat näher, während der andere sich erhob.

»Was willst du hier?«

»Ich dachte, du freust dich über Gesellschaft. Außerdem habe ich dir den hier mitgebracht.«

Der Besucher zog aus seinem Rucksack ein massives Kartonrohr hervor.

»Whiskey? Oh, ein Ardmore Single Malt! Lecker! Da lasse ich dich doch gerne rein.«

*

Am nächsten Morgen riss das Klingeln seines Handys Sebastian aus dem Tiefschlaf. Kriminalrätin Ehlert persönlich rief ihn an. Kommissar Beilstein war tot in seinem Haus gefunden worden. Es sei unklar, ob es sich um einen natürlichen Tod oder um einen Suizid handele. Sogar ein Mord könne nicht völlig ausgeschlossen werden. Die Spurensicherung sei vor Ort, und er solle sich ebenfalls so schnell wie möglich dorthin begeben.

Käme ein Suizid einem Schuldeingeständnis gleich? Diese Frage beschäftigte Sebastian auf der Fahrt nach Erbach. Vor Ort erfuhr er, dass man den Kollegen Beilstein tot auf seinem Sofa sitzend entdeckt hatte, vor sich ein Glas Whiskey und eine halbleere Flasche. Vom ersten Eindruck her sei er an Herzversagen gestorben. In Anbetracht eines früheren Herzinfarkts und der Belastung der letzten Tage könne ihm durchaus zu viel Alkohol den Rest gegeben haben. Hinweise auf Fremdeinwirkung gebe es bisher keine, allerdings auch keinen Abschiedsbrief.

Frau Wetekam trug ihre Erkenntnisse derart vorwurfsvoll vor, als mache sie Sebastian persönlich für den Tod ihres Kollegen verantwortlich. Er ließ die Leiterin der Spurensicherung gewähren, wappnete sich zugleich innerlich davor, in Schuldgefühle zu verfallen. Das Klingeln ihres Handys stoppte ihre Tirade.

Der Anruf schockte sie sichtlich. Nach einem kurzen, betretenen Blick in seine Richtung wandte sie sich ab und ging nach draußen. Sebastian begriff, dass der Anruf mit dem Todesfall zu tun hatte. Was es wohl Neues gab? Es dauerte mehrere Minuten, bis Frau Wetekam zurückkehrte. Mit fest aufeinander gepressten Lippen starrte sie ihn an. Er nickte ihr aufmunternd zu, sie senkte den Blick zu Boden, hob ihn wieder und holte tief Luft: »Der Whisky, sowohl der im Glas als auch der in der Flasche, enthält K.-o.-Tropfen in hoher Konzentration.«

»Also handelt es sich um keinen natürlichen Tod?«

Verkniffen dreinblickend schüttelte sie ihren Kopf.

»Sieht ganz danach aus, dass man Clint vergiftet hat.«

»Kann er sich nicht auch selbst vergiftet haben?«

Sie zuckte mit ihren Achseln.

»Wessen Fingerabdrücke …?«

»Flasche und Glas enthalten nur seine Abdrücke, deren Menge und Anordnung sind unauffällig.«

»Also doch ein Suizid?«

Frau Wetekam starrte vor sich hin, den Blick in die Ferne gerichtet. Schließlich seufzte sie und wandte sich ihm bitter lächelnd wieder zu.

»Oder der perfekte Mord!«

»Wie kommen Sie darauf?«

»Ich liebe Whisky und kenne mich gut aus. Die bei Kollegen Beilstein vorgefundene Flasche Ardmore ist ein guter Tropfen, etwas für Kenner.«

Sie verstummte, starrte mit gerunzelter Stirn vor sich hin.

»Und? Wollen Sie damit andeuten, er sei zu wertvoll, um sich …«

»Nein, keineswegs! Bei der Flasche handelt es sich um eine Sonderedition, die erst seit zwei Tagen auf dem Markt ist. Verkauft wird sie in einer Verpackung, die aus einer Art Rohr besteht.«

Erneut verstummte sie. Sebastian wartete, bis ihm der Geduldsfaden riss.

»Und? Was bedeutet das Ihrer Meinung nach?«

»Die Verpackung ist weder hier im Haus, noch in den Mülltonnen. Natürlich könnte er sie noch im Laden entsorgt haben, aber … Kommen Sie mit!«

Er folge ihr zu einem Schrank. Sie öffnete ihn und zeigte auf eine Sammlung von Whisky-Flaschen, die teilweise in aufwendigen Verpackungen steckten. Wortlos nahm sie eine der Verpackungen, öffnete sie und zog die Flasche heraus. Sie war halb leer.

»Kollege Beilstein besaß die Angewohnheit, die Flaschen in ihren Verpackungen aufzubewahren. Das ist ein bisschen umständlich, aber …«

Sie brach ab und errötete. Sebastian vermutete, dass sie selbst es genauso handhabte.

»Ich verstehe, worauf Sie hinauswollen! Jemand könnte mit Handschuhen den Whiskey mit K.-o.-Tropfen versetzt und ihn zurück in die Verpackung gesteckt haben. Dann kreuzte er hier auf und überreichte Herrn Beilstein das Geschenk, ohne seine Fingerabdrücke auf der Flasche zu hinterlassen! Die Verpackung …«

»… auf der sich seine Fingerabdrücke befanden und von der sie sich auch nicht sicher abwischen ließen, nahm er hingegen wieder mit!«

*

Nach reiflicher Überlegung und Rücksprache mit der polizeilichen Führungsebene lud Sebastian die drei übrig gebliebenen Mordskerle zu einer gemeinsamen Befragung. Als Ort wählte er Herrn Beilsteins Wohnzimmer. Er ließ den dreien freie Platzwahl. Keiner setzte sich auf die Couch, auf der man den Toten gefunden hatte.

»Ich danke Ihnen für Ihr Kommen. Was ich so höre, saßen Sie oft hier bei Herrn Beilstein zusammen.«

Die drei warfen einander fragende Blicke zu.

»Was sollen wir hier?«, presste Quentin aggressiv hervor.

»Mir helfen, den Mörder Ihres Freundes und Kollegen zu finden!«

»Mörder? Ich dachte, Clint hat sich selbst …«

Der Professor verstummte, sah aber ehrlich schockiert aus.

»Aufgrund der Spurenlage gehen wir von Mord aus«, verkündete Sebastian ruhig.

»Wie können wir helfen?«, fragte Agatha nervös.

»Wer besitzt ein Motiv für den Mord an Ihrem Freund?«

Diesmal warfen sie sich keine Blicke zu. Jeder starrte konzentriert auf den zwischen ihnen stehenden Couchtisch. Sebastian wartete, aber nichts geschah.

»Nun kommen Sie schon, niemand kannte Herrn Beilstein besser als Sie!«

»Trotzdem fällt mir kein Motiv ein, außer …«, Agatha brach ab, als hätte ihn der Mut plötzlich wieder verlassen.

»Außer?«

Er räusperte sich umständlich, setzte dann aber tatsächlich seinen Satz fort: »… außer jemand wollte Clint den Mord an Bernd in die Schuhe schieben.«

Die Stimmung im Raum änderte sich schlagartig. Knisternde Spannung lag in der Luft.

»Wer …?«

»Quentin hat …«

»Ich! Du spinnst ja wohl!«

Der Beschuldigte sprang mit einem Satz auf. Drohend ballte er die Fäuste in Agathas Richtung. Zwei kräftige Beamte, die zur Sicherheit im Hintergrund standen, machten je einen Schritt in seine Richtung. Sebastian gab ihnen Zeichen, noch zu warten.

»Immer mit der Ruhe! Welches Motiv besitzt Quentin Ihrer Meinung nach?«

Sebastians Nerven waren zum Zerreißen gespannt. Man würde keinem der drei den Mord nachweisen können. Spuren wie Haare oder Hautschuppen hier am Tatort waren wertlos, da alle drei oft hier gewesen waren. Nachbarn hatten am Abend des Mordes niemanden kommen oder gehen sehen. Die drei Kriminaler waren Vollprofis, besaßen viel Erfahrung. Wenn einer von ihnen der Mörder war, wovon Sebastian ausging, hatte er sich auch Whiskey und K.-o.-Tropfen besorgt, ohne Spuren zu hinterlassen. Seine einzige Chance, den Täter zu überführen, bestand also darin, das Schweigen zwischen ihnen zu brechen.

Gerade sah es allerdings danach aus, als würde Agatha wieder einen Rückzieher machen.

»Sprechen Sie Ihre Vermutung ruhig laut aus!«, ermutigte Sebastian ihn. »Tun Sie es Ihrem ermordeten Freund zuliebe!«

»Also gut, Quentin war ziemlich angefressen, als Sonja ihn abservierte. Er hat gesagt, sie werde eines Tages schon noch sehen, was sie davon hätte. Wenn er sie in der Kantine aus der Ferne sah, wurde sein Blick ganz hasserfüllt. Darüber haben der Professor und ich uns erst kürzlich unterhalten.«

»Und wenn schon! Ich tu keiner Frau etwas zuleide! Ein Klasse-Mann wie ich hat das nicht nötig! Dich übersehen sie vielleicht, aber an mir zeigen genügend Frauen Interesse! Abgesehen davon, waren Bernd und Clint meine Freunde, denen ich …«

»Du warst stinksauer auf die beiden! Tief in dir drinnen glaubst du wie fast alle unsere Kollegen, dass Clint vor zwei Jahren einen eiskalten Mord begangen hat oder es zumindest keine wirkliche Notwehr war! Früher waren wir Helden, wurden wir mordsmäßig respektiert! Jetzt misstrauen uns die Bosse, wären uns am liebsten los, und unsere Kollegen gehen auf Distanz. Das stinkt uns doch allen, aber dir am meisten! Auf Bernd warst du sauer, weil er mit seiner Falschaussage Clint gedeckt hat!«

»Spinnst du jetzt völlig? Natürlich habe ich mich über die beiden geärgert, aber das ist doch lange kein Grund …«

Die beiden stritten kurz, aber heftig miteinander. Sebastian hörte genau zu, erhielt letztendlich aber keine neuen Informationen. Dann brach die Diskussion zwischen den beiden unvermittelt ab. Sie wirkten erschöpft, und als würden sie ihre jeweiligen Worte bereits wieder bereuen.

»Wissen Sie eigentlich«, wandte Quentin sich schließlich an Sebastian, »dass der tote Kollege Bremmer einst zu uns gehörte? Er war Teil unseres Teams und klärte mit uns äußerst erfolgreich Morde auf, bis ihm das Übermaß an Gewalt, dem wir permanent ausgesetzt sind, zu viel wurde und er freiwillig zur Schutzpolizei zurückkehrte. Vielleicht hat ein von uns verhafteter Mörder seine Strafe abgesessen und Bernd und Carsten sind bloß die ersten Opfer seines Rachefeldzuges?«

*

Die Befragung ließ Sebastian frustriert zurück. Kurz war zwischen den übrigen drei Mordskerlen ein Riss entstanden, als Agatha den ihm gegenübersitzenden Quentin beschuldigt hatte. Aber jener hatte souverän reagiert. Auf Hörensagen und Vermutungen beruhende Aussagen waren wertlos. Mit seiner Theorie, die Mordskerle seien Ziel eines Rachefeldzuges, hatte Quentin die Reihen wieder geschlossen. Agatha hatte sich sogar bei ihm dafür entschuldigt, ihn verdächtigt zu haben.

Konnte an Quentins Behauptung tatsächlich etwas dran sein? Prinzipiell natürlich schon, aber in diesem speziellen Fall hielt Sebastian es für nahezu ausgeschlossen. Der Mörder musste sehr detaillierte Kenntnisse über Kommissar Bremmers Gewohnheiten und sein Verhältnis zu Rainer Raubach besessen haben. Hätte jener die Mordnacht nicht im Polizeigewahrsam verbracht, säße er jetzt in U-Haft, und es gäbe keine weiteren Mordermittlungen. Sebastian war sich absolut sicher, dass ein Mordskerl den Doppelmord begangen hatte oder zumindest als Helfer tief mit drinnen steckte.

Zwei Fragen blieben: War der Mord an Clint schon von vorneherein fest geplant gewesen, oder diente er lediglich dazu, den Verdacht auf ihn zu lenken? Die zweite, entscheidendere Frage lautete, welche Dynamik sich in der verschworenen Gemeinschaft der Mordskerle entwickelt hatte und welche Mordmotive sich hieraus ableiten ließen.

Sebastian begriff, welch tragische Figuren die vier waren. Sie hatten alles Beruf und Erfolg geopfert, ihre Aufklärungsquote war legendär, aber keiner von ihnen besaß eine Partnerin oder ein nennenswertes Privatleben. So hatten die Mordskerle auch außerhalb des Dienstes viel Zeit miteinander verbracht.

Seine Überlegungen wurden durch das Klingeln seines Telefons unterbrochen. Er nahm das Gespräch an.

»Hier Frau Wetekam von der Kriminaltechnik, wir konnten Herrn Beilsteins Handy entsperren.«

»Und? Haben Sie darauf etwas Interessantes gefunden?«

»Allerdings, in einer Chatgruppe fand sich eine Art Abschiedsbrief, der nicht abgeschickt wurde.«

»Also könnte es sich doch um einen Suizid handeln?«

»Sieht ganz danach aus.«

»Was genau hat er an wen geschrieben?«

»Die Gruppe nennt sich *Mordskerle* und besteht aus vier Personen. Geschrieben hat er: *Es tut mir so unendlich leid! Ich hoffe, ihr behaltet unsere guten Zeiten in Erinnerung und nicht nur den Mist, den ich zum Schluss gebaut habe.*«

Mehr hatte sie nicht zu sagen, ihr schriftlicher Bericht würde folgen. Die Kriminaltechnikerin beendete das Gespräch. Zurück blieb ein nachdenklicher Sebastian Steinfatt. Wer hatte die erneute goldene Brücke in Richtung Einstellung der Ermittlungen gebaut? Tatsächlich der tote Kommissar Beilstein persönlich? Oder ein Dreifachmörder, der unerkannt bleiben wollte? Was zum Teufel war nur zwischen den vier Mordskerlen passiert? Nur wenn er hierauf eine zutreffende Antwort fand, könnte er den Fall lösen.

*

Quentin litt unter der Situation. Er war nicht suspendiert, zumindest noch nicht, aber sein Chef hatte ihm und den beiden anderen angeordnet, Überstunden abzubauen. Es war überdeutlich, dass die Polizeiführung ihnen nicht mehr traute. Glaubten die hohen Herren ernsthaft, einer von ihnen sei zum dreifachen Polizistenmörder geworden? Er schüttelte unwillig den Kopf, traute er eine solch schreckliche Tat doch weder dem Professor noch gar Agatha zu.

Den Kollegen Steinfatt aus der Landeshauptstadt konnte er überhaupt nicht einschätzen. Er musste ein ausgezeichneter Ermittler sein, sonst hätte man ihm den Job nicht übertragen. Aber seine Methoden waren, gelinde gesagt, ungewöhnlich. Vorhin hatte der Stuttgarter persönlich noch bei ihm vorbeigeschaut und ihm doch tatsächlich vorgeschlagen …

Ein Läuten an der Haustür unterbrach seine Gedanken. Wer mochte das sein? Er erwartete keinen Besuch! Durch die Gardine des Küchenfensters spähte er vorsichtig nach draußen. Als er die vertraute Gestalt vor der Tür erkannte, ging er dorthin und öffnete.

»Was verschafft mir die Ehre deines Besuchs?«

»Die Zeiten sind beschissen, und wir drei müssen zusammenhalten. Hier, das habe ich dir mitgebracht.«

Der Besucher streckte Quentin ein längliches Holzkästchen hin. Der nahm es entgegen und schob den Deckel auf. Eine Flasche Bordeaux kam zum Vorschein.

»Vielen Dank!«

»Ich weiß doch, was du magst.«

»Kann ich dir etwas anbieten?«

»Ist es arg unhöflich von mir vorzuschlagen, dass wir die mitgebrachte Flasche gleich aufmachen?«

Quentin zögerte, sah den Besucher misstrauisch an.

»Ich dachte, du bist Bier-Trinker und magst keinen Wein.«

»So teuer wie er war, muss er wirklich gut sein. Den würde ich gerne probieren.«

Quentin überlegte.

»Also gut, nimm schon einmal auf dem Sofa Platz. Ich öffne in der Küche den Wein und richte uns ein paar Happen dazu her.«

»Soll ich dir helfen?«

»Ja, such schon einmal passende Musik aus.«

»Bist du ganz sicher, dass ich dir nicht lieber in der Küche …«

»Ja, bin ich! Suche gute Musik für uns und mache es dir schon einmal bequem!«

»Wie du meinst!«

Quentin gehörte zu den altmodischen Menschen, die noch eine richtige Stereoanlage und CD´s besaßen. Sein Besucher brauchte einige Anläufe, bis er Verstärker und CD-Player zum Laufen gebracht hatte. Ohne zu überlegen, griff er die nächstbeste CD und nahm sie aus der Hülle. Aber wo steckte man das Scheiß-Ding in den Player? Er fluchte still und drückte wahllos Knöpfe, bis endlich die kleine Lade ausfuhr. Am liebsten hätte er ihr nachgeholfen und sie von Hand herausgezogen, aber er beherrschte sich. Als sie endlich draußen war, legte er die silberne Scheibe auf die vorgesehene Stelle und drückte Play. Dann eilte er in die Küche.

»Fertig! Jetzt kann ich dir doch noch hier helfen!«

Im Hintergrund erklang die samtige Stimme von Leonard Cohen. Quentin zog anerkennend die Augenbrauen in die Höhe.

»Gute Wahl!« *Genieße die Musik ruhig, es wird die letzte sein, die du zu hören bekommst!*, dachte sein Besucher. Laut fragte er: »Was kann ich tun?«

Die Flasche war entkorkt und zum Dekantieren in eine Karaffe umgefüllt. Das Holzkistchen lag daneben.

»Nichts, ich bin fertig!«

Quentin nahm das Tablett, auf dem sich neben der Karaffe zwei bauchige Weingläser, Oliven und Knabbereien befanden. Sein Besuch war überrascht, wie schnell er alles hergerichtet hatte. Aber vielleicht hatte er selbst auch so lange mit der altmodischen Anlage gebraucht.

Sie nahmen einander gegenüber Platz, während Leonard Cohen den wundervollen Körper einer gewissen Suzanne besang. Quentin drehte die Musik lauter, sang mit und schenkte beide Gläser zu einem Drittel voll.

»Eigentlich müssten wir den guten Wein mindestens eine Stunde atmen lassen, ehe wir ihn trinken.«

»Quatsch! Bei dem Bockmist, den dieser Steinfatt uns unterstellt, haben wir allen Grund zu saufen! Prost!«

Quentins Besucher griff sich eines der Gläser und hob es in seine Richtung. Mit leichtem Unbehagen griff Quentin sich das andere und stieß mit ihm an. Beide setzten die Gläser an ihre Lippen und nahmen einen Schluck.

»Puh!«

Der Besucher verzog sein Gesicht.

»So etwas trinkst du gerne?«

»Wie gesagt, er müsste eigentlich …«

»Ich meine grundsätzlich! Kann ich vielleicht doch ein Bierchen bekommen?«

Quentin sah den Besucher auf eine Art an, dass jener sich durchschaut fühlte. Siedend heiß prickelte es seiner Wirbelsäule entlang hoch bis zum Kopf. Vorne in seiner Hose steckte, verborgen unter dem weiten Hoodie, eine kleine Pistole. Er verspürte den Impuls, diese zu ziehen und die Sache eben anderweitig zu erledigen, als Quentin einlenkte: »Kein Problem, ich hol dir ein Bier aus dem Kühlschrank.«

Der andere verspürte den Impuls, ihm in die Küche zu folgen, zwang sich aber, sitzen zu bleiben. Leonard Cohen war bei seiner Winter Lady angelangt, als Quentin das Bier vor dem Besucher abstellte. Sie prosteten einander zu und tranken.

»Dieser Steinfatt ist die Pest! Zu unterstellen, einer von uns hätte drei Kollegen auf dem Gewissen!«, sagte Quentin.

»Stimmt, das ist eine Frechheit! Wobei Sonja ja vielleicht noch lebt!«

Das tat sie tatsächlich. Er würde sich einen Fick mit ihr gönnen, wenn er auch Nummer drei erledigt hätte! Laut sagte er: »Das kann ich mir nicht vorstellen! Die wurde nur irgendwo verscharrt! Wenn ich nur daran denke, wie die Würmer sich an ihr zu schaffen machen, schüttelt es mich! Prost!«

Beide tranken erneut. Der Besucher stellte erfreut fest, dass Quentin wie immer sein erstes Glas in atemberaubendem Tempo leerte. Von wegen Genießer!

Der Hausherr schenkte sich nach und trank einen weiteren Schluck, während sein Besucher sich vornahm, die CD samt

Hülle sicherheitshalber mitzunehmen. Die Knöpfe der Anlage hatte er nur mit den langen Ärmeln seines Hoodies über den Fingerspitzen gedrückt.

Quentin trank einen weiteren Schluck, dann kippte sein Kopf nach vorne, und seine Augen fielen zu. Sein Besucher lächelte befriedigt, als Quentin sich noch einmal aufbäumte, ihn anstarrte und fragte: »Warum machst du das?«

»Was?«

»Uns der Reihe nach umbringen?«

In dem Besucher flackerte kurz Panik auf, die jedoch keine Macht über ihn bekam. Quentin hatte so viel von dem Gift getrunken, dass er jeden Augenblick einschlafen musste, für immer. Der konnte ihm nicht mehr gefährlich werden!

»Warum? Weißt du das wirklich nicht?«

»Nein.«

Quentins Kopf wankte.

»Weil ihr mich jahrelang erniedrigt und nicht ernst genommen habt! Obwohl ich euch bat, damit aufzuhören, habt ihr mich immer weiter mit einem Frauen-Namen angesprochen! Als ob nur solche gewaltbereiten Dumpfbacken wie ihr echte Kerle wärt! Irgendwann habe ich akzeptiert, dass ihr nur die Sprache der Gewalt versteht und entschieden, es euch in dieser Sprache heimzuzahlen!«

»Und Sonja? Was hat sie damit zu tun?«

»Die hielt sich für was Besseres, lachte nur, als ich ihr meine Liebe gestand!« Er schnaubte höhnisch. »Mittlerweile habe ich sie eines Besseren belehrt. Jetzt freut sie sich, wenn ich zu ihr komme!«

»Zu ihr komme? Hältst du sie etwa bei dir im Keller als Sex-Sklavin?«

»Genau! Da staunst du, was? Das hättest du wohl selbst gerne!«

»Nein, so krank wie du bin ich nicht!«

Quentin schüttelte entschieden den Kopf und starrte Agatha erbost an. Der schrak zusammen, wirkte sein Gegenüber plötzlich überhaupt nicht mehr betäubt. Seine Hand fuhr in Richtung seiner Pistole, als sich kalter Stahl in seinen Nacken presste.

»Stecken lassen! Keine schnelle Bewegung!«, forderte eine herrische Stimme von hinten.

Zwei schwarz Vermummte in Schutzkleidung traten rechts und links von hinten in sein Gesichtsfeld, während ebenfalls von hinten seine rechte Hand ergriffen und verdreht wurde. Nachdem beide Hände hinter seinem Rücken gefesselt waren und ein Beamter seine Pistole an sich genommen hatte, trat dieser verdammte Sebastian Steinfatt in Agathas Gesichtsfeld.

»Danke, dass Sie uns Frau Schäfers Versteck verraten haben. Dadurch sparen wir uns eine lange Suche.«

Agatha presste sein Gesicht in das Polster und schluchzte laut, während Quentin mit ausgestreckter Hand auf Sebastian zuging.

»Sie haben mir das Leben gerettet! Vielen Dank! Dabei wolle ich Ihnen zuerst, als Sie mir prophezeiten, Agatha würde bald mit einer Flasche Wein vor meiner Tür stehen, mit der Faust ins Gesicht schlagen.«

ENDE

303 Kugeln

von
Joachim Speidel

Am Abend des 11. April fuhr ein Mercedes-Maybach, in dem zwei Männer saßen, vor den Club *Studio 45* in Berlin-Friedrichshain. Als der Wagen zum Stehen kam, ging augenblicklich ein infernalischer Kugelhagel auf ihn nieder. Am Ende wurde der Maybach von 303 Kugeln durchsiebt. Eine ganze Menge Blei. Als die Zeitung mit den vier großen Buchstaben diese Zahl dann auf der ersten Seite als Headline brachte, konnte man schnell den Eindruck bekommen, dass Berlin auf einmal der Hotspot der organisierten Kriminalität in ganz Deutschland sei und dass sich niemand auf den Straßen der Hauptstadt mehr sicher fühlen könne.

Es dauerte auch nicht lange, bis die internationale Presse darauf ansprang.

Googeln Sie mal nach »303 Bullets«, und Sie stoßen auf unzählige Meldungen aus der ganzen Welt, in denen Berlin in Verbindung gebracht wird mit den großen Gangsterkriegen in Chicago der Dreißigerjahre des vorigen Jahrhunderts.

Dabei ist diese ganze Geschichte mit den Gangsterkriegen kompletter Schwachsinn.

Hinter der Geschichte mit den 303 Kugeln steckt eine ganz andere Geschichte. Woher ich das weiß?

Nun, ich war einer der beiden Männer gewesen, die damals im Maybach saßen.

Aber alles der Reihe nach.

*

Natürlich sagte mir der Name des Mannes etwas, den ich an dem besagten 11. April – einem Samstag – zum *Studio 45* zu chauffieren hatte: Jacques Strobèl. Er galt mit seinen fünfundvierzig Jahren als Wunderkind in der Immobilienbranche. Er stammte aus einfachen Verhältnissen, hatte nach dem Realschulabschluss eine Maurerlehre gemacht, anschließend die Fachhochschulreife nachgeholt, war in ein Maklerbüro in Hamburg eingetreten und hatte sich unzählige Schuhsohlen abgelaufen, um alte, kleine, wenig lukrative Wohnungen an den Mann respektive an die Frau zu bringen. Dabei, so stand es jedenfalls in seinem Wikipedia-Eintrag, war ihm nicht nur das Makler-, sondern auch das Immobiliengewerbe aufs Engste vertraut geworden und ans Herz gewachsen. In Berlin hatte er mit Anfang dreißig ein eigenes kleines Büro aufgemacht, mit dreiunddreißig die erste Million verdient, mit fünfunddreißig neuen Büroräumen auf dem Prenzlauer Berg eröffnet, und jetzt mit fünfundvierzig zählte er zu den reichsten Männern Deutschlands. Ihm gehörten nicht nur ganze Wohn-Citys und Einkaufszentren, sondern auch etliche der angesagtesten Clubs in Berlin.

Und zu seiner neuesten Errungenschaft zählte das *Studio 45* – der Name war bewusst angelehnt an das legendäre New Yorker *Studio 54*, in dem Mick Jagger, Andy Warhol und die Schickeria der ganzen Welt in den Siebziger- und Achtzigerjahren des letzten Jahrhunderts die Nacht zum Tag gemacht hatten. In diesen Club soll damals mehr Koks geliefert worden sein als Zement an die New Yorker Baustellen.

Was Koks anging – es gab Gerüchte, dass Jacques Strobèl neben seinen Immobilien-Geschäften auch ins Koks-Geschäft eingestiegen sei, denn Koks gehörte nun einmal zu der Club-Szene. Aber wie gesagt – das waren nur Gerüchte.

Das *Studio 45* in Berlin-Friedrichshain hatte er sich selbst zum Geschenk zu seinem 45. Geburtstag gemacht. Bescheiden wie er war, hatte er sein Wiegenfest allerdings nur mit seinen engsten Freunden auf einer kleinen Insel im Atlantik, die ihm gehörte, gefeiert.

Exakt sieben Tage nach diesem freudigen Ereignis wollte er seinem Club einen kurzen Besuch abstatten. Ein großes Fest hatte er nicht geplant, aber die Gäste sollten bis zum Morgengrauen so viel trinken können, wie sie wollten – und das Beste daran war: Sie brauchten nicht dafür zu bezahlen.

Bis zu diesem Abend war mir Jacques Strobèl noch nie persönlich begegnet. Er galt als aalglatt, höflich, aber sehr distanziert. Die Zeit, als er die Scheinwerfer suchte, war offensichtlich vorbei. Er mochte es nicht, von Bodyguards umgeben zu sein, und kam oftmals unangemeldet zu Partys oder Empfängen, zu denen er sich gerne in einer seiner Lieblings-Limousinen fahren ließ.

Und hier kam ich ins Spiel.

Mein Name ist David »Dave« Degenhardt. Seit Jahren bin ich in einem angesehenen Security-Unternehmen tätig – sowohl als Personenschützer als auch als Chauffeur.

Als Personenschützer verfüge ich über ein gutes Auge und gute Reflexe, beherrsche verschiedene Kampfsportarten und bin im Gebrauch von Waffen geschult. Als Chauffeur kenne ich mich mit Fahrzeugen aller Art aus – vom Trabbi bis zum Schützenpanzer.

*

Gegen 21:44 Uhr fuhr ich an diesem Aprilabend meinen in die Jahre gekommenen, aber nichtsdestotrotz gepflegten und gehegten BMW 2002 auf Jacques Strobèls Anwesen im Grunewald. Hochglanzpolierte Lichtmasten wiesen mir mit moderatem LED-Licht den Weg zu seiner spätklassizistischen Villa. Sein Maybach stand schon abfahrbereit vor der Granittreppe, die zum Eingangsbereich hoch führte.

Gegen 21:46 Uhr stellte ich meinen BMW auf einer kleinen Parkfläche ein paar Meter abseits der Villa ab.

Gegen Punkt 22:00 Uhr öffnete sich die zweiflüglige Eingangstür, Jacques Strobèl trat heraus, knöpfte sich sein hellbeiges Leinenjackett zu und schritt die Treppe hinunter. Ein Mann, etwa ein Meter achtzig groß, athletischer, fitnessstudio-gestählter Körperbau, scharf geschnittene Gesichtszüge, kurze lockige braune Haare. Ich bemerkte seinen kurzen Blick auf seine goldene Armbanduhr.

Ihm wurden viele Marotten nachgesagt, und eine davon war: absolute Pünktlichkeit. Das wusste ich. Eine Minute Verspätung – und ich hätte Probleme in meinem Job bekommen.

Ich öffnete die hintere Wagentür, nickte Jacques Strobèl dabei gut erkennbar, aber nicht überdeutlich oder zu devot zu, und er setzte sich, ohne ein Wort an mich zu richten, auf die Rückbank.

Wie schon vorhin kurz erwähnt – er galt als sehr distanziert. Das schloss eine gewisse Einsilbigkeit seinen Angestellten oder Untergebenen gegenüber ein.

Ich fuhr gegen 22:04 Uhr los.

Ich hatte mir die Strecke vom Grunewald in den Friedrichshain eingeprägt. War sie zig Mal im Geist durchgegangen, hatte mir sämtliche Umleitungen eingeprägt sowie die Zeiten mit dem höchsten und dem geringsten Verkehrsaufkommen. Der Maybach surrte fast lautlos dahin.

*

Ich sah in den Rückspiegel, beobachtete das teilnahmslose Gesicht von Jacques Strobèl, der gelangweilt zum Fenster hinaussah und einen goldenen Siegelring an seinem kleinen Finger drehte. War er nervös?

»Darf ich Sie was fragen?«

Er reagierte nicht.

Wir bogen von der Teplitzer Straße auf den Hohenzollerndamm ein. Der Verkehr wurde dichter. Scheinwerferlichter stachen auf mich zu, passierten mich, verloren sich hinter mir.

Ich räusperte mich. Immer noch nichts.

Dann drehte Strobèl den Kopf, seine Augen blickten in den Rückspiegel, suchten nach meinen Augen. »Wie lange wollen Sie noch warten? Wo bleibt die Frage?«

Ich versuchte ein höfliches Lächeln. »Ich habe gelesen, Sie kommen aus Württemberg. Balingen. Am Rande der Schwäbischen Alb. Stimmt das?«

Er ließ sich mit der Antwort Zeit. »Wo haben Sie das gelesen?«

»Nicht auf Wikipedia. Da steht – erstaunlicherweise – nichts über Ihren Geburtstort drin. Nein, es war eine Reportage in der Wirtschaftswoche. Ist schon ein paar Monate her.«

»In der Wirtschaftswoche? Sie lesen also die Wirtschaftswoche? Regelmäßig oder gehört das zu Ihrer … Recherchearbeit über die … die Personen, die Sie fahren?«

»Letzteres«, sagte ich und konzentrierte mich wieder auf den Verkehr. Ich war mir sicher, dass er mich im Rückspiegel beobachtete.

»Ah, Letzteres. Gut, verstehe. Um Ihre Eingangsfrage zu beantworten: Ja, ich komme aus Balingen. Aber erlauben Sie mir eine Gegenfrage: Warum ist Ihnen das von Bedeutung?« Seine Stimme klang eisig.

»Ganz einfach«, antwortete ich. »Ich stamme auch aus Balingen.«

Kurzes Schweigen. Ich hielt an einer roten Ampel.

Ich hörte seine spöttische Stimme von hinten. »Ah ja! Sie denken dann sicher, uns verbindet etwas.«

Ich grinste und sagte: »Jo, vielleicht dr Dialekt, wer woiß! Mr said jo au, dass deart, wo zwoi Schwoba zamma Schwäbisch schwätzet, dass deart au ihre Hoimat isch.«

Wieder Schweigen, dann ein knalliges: »Oh Gott!«

Ich ließ nicht locker. »Was isch?«

Die Ampel schaltete um, ich fuhr los.

Er schnaubte verächtlich. »Hören Sie auf mit diesem furchtbaren Dialekt! Ich will diesen … Scheiß nicht hören. Das ist kein Deutsch … das ist … das ist …«

»Kein Problem«, sagte ich schnell. »Ich hör auf.«

Ich grinste in den Rückspiegel und blickte in ein Gesicht, das von Ekel erfüllt war.

»Kein Problem?«, zischte Strobèl. »Echt jetzt? Das ist für Sie kein Problem, mal ausnahmsweise nicht in diesem kotzverdammten Scheiß-Dialekt mit mir zu reden?«

»Nein, ist es nicht. Tut mir leid, dass ich damit angefangen habe.«

Er schüttelte verärgert den Kopf. Starrte zum Fenster hinaus, starrte mich dann wieder im Rückspiegel an. »Ich habe … verdammt lange gebraucht, mir diesen schwäbisch-biederdümmlichen Dialekt abzugewöhnen. Wie viele Jahre hat man mich belächelt, mich nicht für voll genommen, nur weil ich dieses Trollinger-, Kehrwoche- und Maultaschen-Image hatte. Dieser Drecks-Wirtschaftswoche-Artikel! Ich dachte, ich hätte alles getilgt, ausradiert, was auf meine schwäbische Herkunft hinweist. Und jetzt …«, ich hörte ihn hinter mir schwer atmen, »… jetzt kommen Sie … Sie … Sie kleiner, mickriger, windiger Chauffeur …«

»Es tut mir leid.«

»Das haben Sie schon mal gesagt. Denken Sie, das habe ich vergessen, denken Sie, mein Gedächtnis funktioniert nicht mehr so richtig? Denken Sie, ich habe Alzheimer oder so was?« Er rümpfte die Nase, als würde ich einen entsetzlichen Gestank verbreiten.

»Nein, denke ich nicht.«

»Gut so. Ich habe den Verdacht, dass Denken nicht so ihre starke Seite ist. Also hören Sie verfickt noch mal auf zu denken. Und hören Sie verfickt noch mal auf, mit mir zu reden. Auf Schwäbisch oder Hochdeutsch oder auf Suaheli. Nicht wenn ich Sie nicht frage. Haben wir uns verstanden?«

Ich zuckte mit den Schultern. »Ja!«

Ich hörte ihn abfällig lachen. »Ja? Einfach so ›Ja‹? Geht das vielleicht auch etwas … ambitionierter, leidenschaftlicher?«

»Ja, ich habe es verstanden.«

Ich lächelte ihn höflich im Rückspiegel an, was ihm sichtlich nicht gefiel.

Seine Kiefer mahlten. Er hörte jetzt auf, an seinem Siegelring zu drehen. Er legte seinen Arm auf die Rückenlehne. Dann starrte er wieder zum Fenster hinaus.

»Gut so!«, sagte er nach einer Weile, deutlich entspannter. »Konzentrieren Sie sich auf den Verkehr. Das ist Ihr Job. Halten Sie einfach nur die Schnauze. Fürs Quatschen und Denken bezahle ich Sie nicht.«

Wieder eine Ampel. Wieder ein Stopp.

Ich spürte plötzlich Strobèls Atem an meinem Hals. »Apropos Job. Sie sind mit Abstand der beschissenste Chauffeur, den ich je hatte. Zurückhaltung, Anstand, Contenance – das sind alles Fremdwörter für Sie. Sie quatschen mich einfach mit Ihrer Scheiße voll. Bloß weil wir aus der gleichen beschissenen Stadt kommen, brauchen Sie nicht zu denken, dass wir etwas gemeinsam haben. Wir haben nichts gemeinsam. Nichts. Wie heißen Sie eigentlich?«

»Degenhardt!«, sagte ich. »David Degenhardt.«

Ich sah im Rückspiegel, wie sich Strobèl zufrieden wieder zurücklehnte. »Degenhardt, ich werde Ihrem Arbeitgeber über Ihre Inkompetenz, Ihre Ignoranz und Ihre Impertinenz berichten, verlassen Sie sich drauf. Ich kann Sie nicht entlassen, das entzieht sich meiner Kompetenz, aber ich werde Ihre Entlassung empfehlen. Machen Sie sich am besten schon auf die Suche nach einem neuen Job.«

Die Ampel schaltete um. Ich fuhr an.

Ich wollte auf die A 100, aber die Auffahrt war gesperrt. Ein Unfall. Ganz aktuell. Polizei und Krankenwagen standen bereits vor Ort.

Ich fuhr ganz einfach weiter auf dem Hohenzollerndamm.

Die Straße verengte sich nach etwa zweihundert Metern aufgrund einer Baustelle, im nächsten Moment standen wir im Stau.

Ich warf einen kurzen Blick nach hinten zu Mr. Superpünktlich. Erwartete, dass er wieder explodierte. Aber der Stau schien ihn nicht zu kümmern.

*

Strobèl war so ziemlich das größte Arschloch, das ich je gefahren hatte. Das stand jetzt schon fest. Eine Neigung zur Einsilbigkeit oder dass man keine Lust hatte, mit seinem Chauffeur über Gott und die Welt zu philosophieren, war das eine. Das andere war, derart auszurasten und seine Dreckslaune an einem auszulassen. Das konnte und das wollte ich ihm nicht durchgehen lassen. Ich hatte es mit ihm verschissen, klarer Fall, aber klein beigeben war meine Sache noch nie gewesen. Zu verlieren hatte ich nach seinen ganzen Drohungen und Ankündigungen eh nichts mehr.

Ein kurzer Blick in den Rückspiegel, ein kurzes Räuspern, dann sagte ich: »Mir fällt da gerade noch eine Frage ein.«

Strobèl seufzte. »Was haben Sie an der Redewendung ›Schnauze halten‹ nicht verstanden?«

»Das ist nicht das Problem«, sagte ich. »Das Problem ist dieser Stau, in dem wir gerade stehen, und dass mich, seit ich Ihren Namen zum ersten Mal gehört habe, eine Frage umtreibt.«

Er grinste theatralisch. »Ihre Fragen interessieren mich, mit Verlaub gesagt, einen Scheißdreck.«

Das beeindruckte mich nicht sonderlich. Ich ließ nicht locker. »Wissen Sie – Jacques Strobèl. Das ist schon ein ungewöhnlicher Name. Vor allem, wenn man bedenkt, dass Strobel ein recht häufiger Name in Balingen ist. Also Strobel ohne Dingsda, wie heißt das noch gleich … Accent grave. Ich kannte mal einen Strobel, der wohnte ganz in unserer Nachbarschaft …«

»Ich heiße Strobèl«, schnitt er mir das Wort ab, »falls Ihnen das entgangen sein sollte.«

Ich fuhr ungerührt fort. »Also, ich kannte einmal einen Strobel, einen Nachbarsjungen. Der hieß … warten Sie mal … Hans-Uwe. Genau Hans-Uwe. Die Familie ist weggezogen, also innerhalb von Balingen, aber halt weg aus der Nachbarschaft. Wir haben uns aus den Augen verloren. Aber Jahre später habe ich dann eine Geschichte über ihn gehört. Ich konnte sie erst nicht glauben, aber dann … Da gab es die Kneipe *Die Brücke*. Sie kennen doch die Kneipe *Die Brücke* in Balingen? An der Eyach?«

Er antwortete nicht. Er versuchte, ruhig zu bleiben. Was ihm sichtlich schwerfiel. Sein Brustkorb hob und senkte sich.

Der Stau begann, sich langsam aufzulösen. Ich fuhr wieder los.

»Also, wo war ich stehen geblieben?«, sagte ich. »Bei der *Brücke*, genau. Dieser ehemalige Nachbarsjunge, dieser Hans-Uwe, hatte einen großen Bruder, und der hat da in der *Brücke* gekellnert. Er hat gearbeitet wie ein Tier, Tag und Nacht. Die Eltern haben sich um ihre Jungs einfach nicht gekümmert, ihnen auch kein Geld gegeben. Auf alle Fälle hat der große Bruder seinen kleinen Bruder immer mitgebracht in die Kneipe. Hat in jeder freien Minute mit Hans-Uwe gelernt. Und ihm dabei Cola spendiert. Hans-Uwe war süchtig nach Cola.«

Ich hörte, wie hinter mir die Sitzpolster knirschten. »Es reicht jetzt, verdammt noch mal!«

Ich grinste. Und machte weiter: »Aber als eines Nachmittags sein großer Bruder für ein paar Stunden mal fortmusste, hat er den kleinen Hans-Uwe dort gelassen. Und die Stammgäste, die unter zehn Bier oder unter zehn Schnäpsen nie nach Hause gegangen sind, haben sich des kleinen Wurms erbarmt.«

»Noch ein Wort«, zischte Strobèl hinter mir, »und ich steige hier aus.«

Ich musste lachen. Und als ich mit Lachen fertig war, sagte ich: »Würde ich nicht machen. So während der Fahrt. Also was wollte ich gerade sagen? Also diese Säufer, diese chronischen, hoffnungslosen Säufer haben sich um den Jungen gekümmert, haben mit ihm an diesem Nachmittag gelernt und ihm dabei still und heimlich immer mal wieder einen Jägermeister in seine Cola geleert. Tja, und irgendwann ist der kleine Wurm immer lockerer und lustiger geworden. Hat angefangen zu lallen und zu singen. Und die alten Säufer haben den Jungen animiert zu tanzen. Sie haben ihn auf den Tisch gehoben und haben ihn dort tanzen lassen …«

Ich hörte, wie Strobèl hinter mir tief Luft holte und mit leiser, aber umso giftigerer Stimme sagte: »Degenhardt, ich werde dafür sorgen, dass Sie nie, nie mehr in Berlin einen Fuß auf den Boden kriegen. Ich werde alles unternehmen, dass Sie hier zur Persona non grata werden. Dann können sie schon bald wieder mit eingezogenem Schwanz in Ihre Scheiß-Heimatstadt Balingen zurückkehren.«

Ich suchte wieder den Blickkontakt im Rückspiegel und machte ein unschuldiges Gesicht. »Sagen Sie mal, was stört Sie denn an der Geschichte?«

Strobèl drehte mit Inbrunst den Siegelring an seinem Finger, als würde er ihn demnächst abreißen und wegwerfen wollen. »Mich stört die Geschichte nicht, ich will sie nur nicht hören. Das ist der Unterschied, klar. Und ich habe Ihnen tausend Mal gesagt, dass ich mich nicht mit Ihnen unterhalten will. Sie haben gegen meine Bitte, gegen meinen Wunsch verstoßen. Das – geht – gar – nicht! Und das werden Sie zu spüren bekommen! Ich werde Sie plattmachen. Platter als platt.«

»Plattmachen?« Ich hatte Probleme damit, ernst zu bleiben.

»Ja! Sie Pfeife! Sie Arschgesicht! Sie selbstgerechter schwäbischer Vollidiot!«

»Okay«, sagte ich und versuchte, ein weiteres Lachen zu verhindern. »Sie wollen mich also plattmachen. Aber wissen Sie was? Davor würde ich gerne noch wissen, was aus dem kleinen Jungen, aus dem kleinen Bub, was aus Hans-Uwe geworden ist. Können Sie mir das sagen?«

Ich zwinkerte Strobèl im Rückspiegel zu. Er biss die Zähne vor Wut zusammen. Ich fuhr fort: »Also ich weiß noch, dass er, weil er so viele Jägermeister getrunken hat, irgendwann vom Tisch gefallen ist, und weil er sich so oft im Kreis gedreht hat, hat er auch ordentlich kotzen müssen. Die Säufer haben sich krankgelacht. Das habe ich jedenfalls gehört. Aber als der Bruder des kleinen Hans-Uwe gekommen ist … er war not amused, wenn Sie verstehen, was ich meine. Er hat seinen Bruder sauber gemacht und hat ihn nach Hause gefahren und nie wieder mit in die Kneipe gebracht. Nie wieder. Was aber natürlich die anderen Säufer nicht abgehalten hat, immer wieder nach ihm zu fragen. Nach dem *Tanzmariechen* oder nach dem *Tanzbärchen*. Ja, das wurde der Spitznamen des kleinen Hans-Uwe in ganz Balingen. Das *Tanzbärchen*. Da sind später Leute in *Die Brücke* gekommen, die vorher einen großen Bogen um die Kneipe gemacht haben. Die wollten alle das Tanzbärchen sehen. Tja, der große Bruder von Hans-Uwe hat irgendwann die Segel gestrichen und hat gekündigt. *Die Brücke* hat es noch ein paar Jahre gegeben, aber dann sind auch die Säufer weggestorben, und sie stand lange leer. Und dann vor einigen Jahren hat ein Immobilienkonsortium *Die Brücke* gekauft und abreißen lassen und neue Wohnhäuser dorthin gebaut.«

Strobèl sagte nichts. Im Rückspiegel sah ich, dass er stocksteif dasaß, aus dem Fenster starrte und den kleinen Finger mit dem Siegelring verkrampft umklammert hielt.

»Übrigens«, fuhr ich fort. »Das Immobilienkonsortium hat seinen Sitz in Berlin. Komisch, finden Sie nicht auch?«

Keine Regung, kein Ton, nichts.

Auf einmal war die Straße vor uns so gut wie leer. Ich drückte aufs Gaspedal und fuhr zügig durch Charlottenburg, am Tiergarten, Potsdamer Platz und Prenzlauer Berg vorbei.

Wir schwiegen die ganze Zeit.

Wir passierten den Ostbahnhof, überquerten die Warschauer Straße.

Ich hörte ein knurriges Hüsteln hinter mir. »Da vorne, Degenhardt, Sie blöder Wichser, halten Sie an. Dort vorne. Ecke Libauer-, Revalerstraße. Haben Sie verstanden?«

»Aber dann haben Sie noch gut fünf Minuten zu Fuß zu gehen? Trauen Sie sich das zu?«

»Ficken Sie sich!«

»Vielleicht versuchen Sie ja, die Straße runterzutanzen. Geht vielleicht etwas besser.«

Ich ignorierte seinen Wunsch, hielt nicht an, fuhr in die Libauer Straße bis zum Ende, bog in die Kopernikusstraße ein und fuhr dann weiter in Richtung Boxhagener Platz.

Strobèl schlug mit der Faust auf die Innenverkleidung der Tür. »Warum … warum wundert mich das nicht? Ich bin mit dem größtmöglichen Volldepp von Berlin unterwegs. Mit dem personifizierten Super-GAU. Warum sollte mich da überhaupt noch etwas wundern?«

Ich sagte nichts, fuhr einfach weiter. Bis zum *Studio 45*. Dort stellte ich den Wagen am Straßenrand ab. Der Club befand sich in einem unscheinbaren Wohn-Gebäude-Block, wie es unzählige hier in Berlin gibt.

Es war genau 22:31 Uhr. Wir hatten trotz Staus nur eine Minute Verspätung. Aber ich war mir sicher, dass Mister Super-pünktlich mir keine Vorwürfe machen würde.

Wegen dieser Sache nicht.

Ich spürte seinen Atem im Genick. Er flüsterte mir ins Ohr: »So – unsere Wege trennen sich jetzt. Und zwar für immer. Sie können sich jetzt verpissen! Haben Sie das verstanden?

Sie verpissen sich jetzt augenblicklich aus meinem Wagen. Ich will nie, niemals mehr in meinem Leben etwas mit Ihnen und mit Ihrer Chauffeurs-Security-Personenschutz-Scheißdrecksfirma zu tun haben. Und ich verspreche Ihnen: Ich werde Sie, ganz persönlich Sie, vernichten. Sie können sich darauf verlassen: Ich stehe zu meinem Wort.«

»Geschenkt«, sagte ich und zeigte ihm den Mittelfinger.

In dem Moment setzte das Inferno ein.

*

Kugeln schlugen ins Dach, in die Kotflügel, in die Motorhaube, tackerten durch das Blech, ein Stakkato an Einschlägen quälte die Trommelfelle.

Scheiben splitterten, ich drehte mein Gesicht weg, warf mich auf die Beifahrerseite, stieß die Tür dort auf, spannte die Muskeln an und hechtete über den Beifahrersitz hinaus auf den Asphalt des breiten Bürgersteigs. Keine Sekunde zu spät, schon durchschlugen die Kugeln das Lenkrad, die Armaturen, das Polster des Fahrersitzes. Ich riss die hintere Türe auf. Strobèl hatte sich zu einem aufrecht sitzenden Embryo verwandelt, die Beine an die Brust angezogen, den Kopf zwischen den Knien, die Hände ums Genick geschlossen. Ich packte ihn am Jackett und zog ihn aus dem Wagen. Er war schwerer als gedacht.

Ich musste alle Kraft aufwenden, damit ich diesen verkrampften Körper aus seinem Sitz reißen konnte. Er knallte neben mir auf den breiten Gehweg. Soweit ich sehen konnte, war er nicht getroffen worden.

Kugeln schlugen pfeifend, mampfend, summend, stanzend ins Metall, durchschlugen die Innenverkleidungen, drangen in die Polsterung.

Jetzt erst nahm ich Schreie wahr, Wimmern und Gebrüll. Menschen hatten sich in unserer Umgebung zu Boden geworfen, krallten sich im Asphalt des Gehwegs fest. Gäste vom *Studio 45*, junge Frauen, junge Männer, auf jung gestylte Herren, Instagram-Girls, Studenten, Damen aus der Halbwelt, nächtliche Flaneure, B-, C- und D-Stars oder einfache Nobodys. Zitternde, bebende Körper, die Gesichter vor Angst verzerrt.

Ein Augenpaar suchte gezielt den Blickkontakt zu mir. Strobèl. Er hatte sich aus seiner Embryonalhaltung gelöst, hatte sich mit dem Bauch auf den warmen Gehweg gepresst. Er brachte kein Wort heraus. Seine Augenlider zuckten.

Ich packte ihn an der Schulter. »Ganz ruhig. Alles wird gut.«

Die Heckscheibe und Windschutzscheibe wurden perforiert, platzten.

Ich rappelte mich auf, so schnell ich konnte. Riss Strobèl hoch, drückte ihn mit dem Rücken ans Hinterrad, das einen guten Schutz abgab.

Dann robbte ich schnell zum Vorderrad, ging dort in Deckung.

Der Kugelhagel hörte nicht auf.

Ich vermutete zwei Schützen, zwei vollautomatische Schnellfeuergewehre. Die Schützen hatten sich irgendwo auf der anderen Straßenseite postiert. Vielleicht in einer leer stehenden Wohnung im dritten oder vierten Stock, von dort aus hatten sie einen guten Überblick und konnten im geschützten Raum ein Magazin nach dem anderen auf uns abfeuern.

Querschläger pfiffen über den Asphalt. Reifen wurden durchschossen, die Luft entwich zischend, Kugeln trafen die Felgen und den Kofferraum, zerhackten das Dach und die Wagentüren. Schlugen in das Schaufenster eines großes

Werbegrafikbüros neben dem Eingang zum *Studio 45* ein. Die raumhohen Scheiben zersplitterten, fielen in sich zusammen.

Dann herrschte auf einmal Stille. Von einer auf die andere Sekunde.

Aber die Stille war keine Stille, die Stille war ein gleichförmiger Lärm, ein Dröhnen in meinem Schädel, in dem es keine Höhen und keine Tiefen gab.

Es dauerte eine Weile, bis der Lärm in meinem Schädel nachließ. Ich hörte Schluchzen, Flüstern, vereinzeltes Rufen von Menschen, die immer noch auf dem Gehweg lagen. Ich spähte vorsichtig über die Kühlerhaube.

Ich wusste nicht, ob die Schützen, die es auf uns abgesehen hatten, bereits das Weite gesucht hatten oder uns aus ihrem sicheren Versteck heraus beobachteten und darauf warteten, bis wir uns aus lauter Leichtsinn erhoben.

Ich wusste auch nicht, ob sie inzwischen bereits auf dem Weg zu uns waren, um nachzuschauen, ob wir noch lebten oder tot waren …?

Dummerweise hatte ich keine Waffe dabei. Als Personenschützer trage ich oft eine Waffe bei mir. Als Chauffeur so gut wie nie.

Ich warf einen Blick hinüber zu Strobèl. Der hatte inzwischen die Beine wieder an die Brust hochgezogen, und die Hände vors Gesicht geschlagen.

Ich sprang geduckt zu ihm hinüber. »Wir müssen hier weg!«

Ich packte seine Schulter, schüttelte ihn. Er nahm die Hände herunter, sein Gesicht war rot, die Lippen bebten, aus seinen Augen liefen Tränen.

Er starrte mich an, als würde er mich zum ersten Mal sehen.

»Wir müssen hier weg!«, wiederholte ich. »Und zwar schnell. Die Dreckskerle sind vielleicht schon unterwegs.«

Er schluckte. »Ich … ich … i ka net.«

»Was?«

»I … i … glaub, i han … i han …« Er war sowohl in eine Angststarre wie auch in ein breites Schwäbisch, das man auf der Schwäbischen Alb sprach, verfallen.

»I … i … i glaub, i han en'd Hos gschissa.«

»Was?«

»I … glaub, i han en mai Gucci-Hos gschissa. Stell dir des mol vor. I hau mai Gucci-Hos total verschissa.«

Die Gesichtsfarbe wandelte sich von einem satten Rot in ein käsiges Grau.

Das musste ich erst mal sacken lassen. Dann sagte ich schnell: »Egal! Wir müssen jetzt abhauen. Wir können nicht auf die Polizei warten. Die Killer können jeden Moment hier sein.«

»Aber … i ka … net.« Nase, Wangen, Lippen, Augen zitterten, alles an ihm zitterte.

»Doch, du kannst«, knurrte ich, packte ihn am Kragen seines Jacketts und riss ihn hoch. Was nicht ganz einfach war, denn er war schlaff und schwer wie ein Hundertkilosack voll nasser Pflanzenerde.

Das *Studio 45* kam nicht in Frage. Wenn die Killer eines ins Visier genommen hatten, dann den Eingang des Clubs.

Ich rannte mit Strobèl auf das Werbegrafikbüro mit den kaputten Scheiben zu. Ich erwartete einen Kugelhagel.

Er blieb aus.

Wir rutschten auf den Scherben ins Rauminnere, ich warf mich hinter den ersten Schreibtisch, riss Strobèl mit mir.

Immer noch keine neuen Schüsse.

Strobèl starrte mich an mit den Augen eines Welpen, der um Futter bettelt. Er wirkte komplett hilflos.

»Alles klar?«, fragte ich leise.

Er nickte.

»Gut so«, sagte ich. »Aber wir müssen hier wieder raus. Wir sind hier nicht sicher. Wenn die Killer kommen, werden sie zuerst hier suchen.«

Er sagte nichts, wirkte ratlos, kraftlos, antriebslos.

Ich sprang auf und zog ihn hoch. Dann rannten wir durch das Büro, rammten Schreibtische, Monitore kippten um, Papier flatterte auf. Ein Whiteboard versperrte den Weg zu einem schmalen Flur. Ich schleuderte es auf die Seite. Dann standen wir vor der Eingangstür des Werbegrafikbüros. Sie war abgeschlossen. Und bestand komplett aus Glas. Ein Tritt, und sie zerbarst. Wir standen in einem Treppenhaus, ich zog den schlaffen Strobèl zur Haustür.

Sekunden später standen wir in einem Hof. Der Gestank überquellender Müllcontainer, aufgeheizt durch die Aprilsonne, verätzte unsere Nasen.

Aber es waren nicht nur die Müllcontainer, die stanken.

»Wo … wo … ganga mr na?«, flüsterte Strobèl. Seine frühere scharfe Stimme klang wie das schüchterne Murmeln eines kleinen Jungen.

»Weg«, sagte ich. »Wir müssen einfach nur weg. Irgendwohin, wo wir sicher sind. Von dort rufen wir dann die Bullen an.«

Ich blickte mich auf dem Hof um. »Vor allem dürfen wir nicht ewig hier rumstehen.« Ich packte ihn am Ärmel, zog ihn mit. Wir rannten entlang der Gebäudewände durch den Hof zu einer breiten Hofeinfahrt. Das hieß: Ich rannte, Strobèl hoppelte. Breitbeinig mit steifen Beinen.

Als wir die Hofeinfahrt erreicht hatten, war er außer Atem. So viel zum fitnessstudio-gestählten Körper.

»Ond jetzt?«

»Jetzt brauchen wir nicht mehr zu rennen«, sagte ich und zog ihn am Ellenbogen hinter mir her. Wir waren auf einer stark befahrenen Straße. Die Straßenlaternen leuchteten grell, die Scheinwerferlichter der Autos durchschnitten die Dunkelheit.

»Wir gehen ganz ruhig weiter«, sagte ich. »Wir dürfen nicht auffallen.«

Strobèl fing an, neben mir zu herzuschlurfen wie ein alter Mann. Sein Haupt war gebeugt, er wirkte kleiner als sonst.

Als wir ein Antiquariat passierten, hielt ich inne. »Da gehen wir jetzt rein.«

Ich checkte die Tür, den Türgriff, das Schloss, als Strobèl, der hinter mir stand, sich auf einmal meldete.

Zwar flüsternd, aber aufgeregt. »Do! Do! Do!«

»Was zum Henker …« Ich drehte mich um. Er zeigte auf den Laden neben dem Antiquariat.

Ein SB-Waschsalon. Hell erleuchtet. Name: »CLEAN ME UP!«. Zusatz: »Von 12 bis 24 Uhr«.

»Und? Was willst du mir damit sagen?«

»Des isch mai Rettung«, sagte er und machte ein beseelt-freudiges Gesicht dabei. »Mai Rettung.«

»Das ist Quatsch. In dem Waschsalon sieht uns doch jeder, so hell wie der Laden erleuchtet ist.«

Er hörte nicht auf mich. Er hoppelte, so schnell er konnte, rüber und drückte die Türe zu dem Waschsalon auf.

Ich blickte auf die Uhr. Zum ersten Mal seit … seit einer gefühlten Ewigkeit. Es war 22:47 Uhr. Vor genau sechzehn Minuten hatte die Schießerei vor dem *Studio 45* begonnen.

*

Der Geruch nach Waschmittel lag in der feuchtigkeitsgesättigten Luft. Es war warm hier im Waschsalon, aber nicht überhitzt oder dämpfig.

»Das empfindest du als deine Rettung?«, wollte ich von ihm wissen. Ich traute diesem Ort hier nicht, dieser scheinbaren Oase der Ruhe und Geborgenheit mitten in Berlin-Friedrichshain.

Er leckte sich über die Lippen. Er stand wieder aufrecht und stolz neben mir. Er stank, aber sein Kopf war nicht mehr gebeugt, seine Augen leuchteten. »Ich würde mich freuen, wenn wir wieder zum ›Sie‹ übergingen«, sagte er wieder in astreinem Hochdeutsch.

»Kein Problem! Aber ich würde gerne in den nächsten fünf Sekunden von Ihnen erfahren, warum dieser mit gefühlt Dreihunderttausend-Watt-Neonröhren beleuchtete Raum Ihre und ich hoffe auch meine Rettung sein soll.«

Er grinste mich mitleidig an, wollte gerade zum Sprechen ansetzen, als ich etwas hörte. Ich legte meinen Finger auf die Lippen.

Strobèls Grinsen und seine wieder gewonnene aufrechte Haltung welkten dahin.

Wir passierten vorsichtig die Reihe mit Waschmaschinen und Trocknern, die in den hinteren Bereich des Waschsalons führte, dorthin, wo der Raum eine kleine Biegung machte. Wir erblickten einen jungen Mann, kniend in legerer, blau-weiß gestreifter Freizeitkleidung, mit kahl rasiertem Schädel, aber mit wolligem Hipsterbart, der in aller Ruhe Sweatshirts, Hemden und Hosen in die Waschtrommel stopfte.

»Was machen Sie da?«, wollte Strobèl wissen.

Der Kopf des Hipsters drehte sich wie in Zeitlupe. Seine Augen waren ausgesprochen müde – oder so, als wäre er erst vor Kurzem überhaupt aufgewacht. »Hm?«

Ich hörte, wie Strobèl neben mir entspannt aufatmete. »Wie groß sind Sie?«

Der Hipster erhob sich. »Warum wollen Sie das wissen?«

»Ich schätze Sie mal auf einen Meter neunzig. Ich bin einszweiundachtzig. Müsste passen.« Er trat auf den Hipster zu, griff in seine Hosentasche, holte sein Portemonnaie heraus und sagte: »Was wollen Sie für Ihren Freizeitdress?«

»Häh? Was soll das?«

»Ich kaufe Ihnen die Klamotten, die Sie am Leib tragen, ab.«

»Die kann man nicht kaufen. Die passen wie angegossen. Also was …?«

»Ich glaube, ich habe mich nicht deutlich genug ausgedrückt«, sagte Strobèl, der wieder deutlich an Selbstbewusstsein zugelegt hatte. »Ich will Ihre verfickten Klamotten kaufen.« Er griff in sein Portemonnaie und warf dem Hipster zwei Hunderter vor die Füße.

»Spinnst du? Hast du sie nicht mehr alle?«, schnarrte der Hipster, dem man langsam ansah, dass er zunehmend wacher wurde. Und wütender.

Strobèl warf einen Fünfziger hinterher.

Der Hipster kratzte sich wild den Bart. »Willst du eine auf die Schnauze?«

»Nein, will ich nicht. Ich mache Ihnen ein ehrenwertes Angebot. Sie wissen doch, was ein ehrenwertes Angebot ist?«

Es war jetzt an der Zeit, dass ich einschritt. Ich schob mich zwischen die beiden. »Jetzt mal langsam, Jungs.« An den Hipster gewandt, sagte ich: »He! Dieser … dieser Herr hier will dir deine Freizeitklamotten abkaufen. Zu einem verdammt guten Preis. Also – ich würd's mir ernsthaft an deiner Stelle überlegen. So ein Angebot kriegst du nicht wieder.«

Bevor er etwas darauf erwidern konnte, drehte ich mich zu Strobèl um. »Und jetzt Sie. Sie wollen die Klamotten? Dann müssen Sie schon ein wenig mehr berappen als die paar Scheinchen.«

Strobèl rollte mit den Augen, was ich zum Anlass nahm, ihm sein Portemonnaie aus der Hand zu reißen, weitere drei Hunderter herauszuziehen und dem Hipster zu reichen.

»Sind Sie wahnsinnig?«, zischte mir Strobél ins Ohr.

»Echt jetzt?«, grinste der Hipster ungläubig und sah mich an, als sei ich nicht ganz dicht.

»Nimm das ganze Geld«, sagte ich. »Das gehört alles dir. Einzige Bedingung: Du ziehst deine Klamotten jetzt aus, ziehst was von den Sachen an, die du eigentlich gerade waschen wolltest, und haust ab. Na, ist das fair?«

Der Hipster kratze sich am Bart, blickte auf das Geld in seinen Händen und auf das Geld am Boden und sagte dann: »Fair.«

*

Ich brauchte eine Weile, bis ich den Lichtschalter fand, danach war es mit einem Schlag dunkel im Waschsalon. Nur das Licht einer Laterne draußen auf der Straße beleuchtete schwach die Waschmaschinen und Trockner, die an den Wänden aufgereiht waren und aussahen wie Roboter, denen man den Stecker gezogen hatte.

Die Eingangstür ließ sich nicht einfach so abschließen. Ich schätzte, dass gegen null Uhr zum Ende der Öffnungszeit jemand kam, entweder von den Betreibern des Waschsalons oder von einem Wachdienst, der den Schlüssel im Schloss drehte.

Trotzdem – dass es hier jetzt dunkel war, war besser als nichts. Auf alle Fälle nicht besonders einladend für Leute mit Wäschekörben.

Oder Leute mit Schnellfeuergewehren.

Strobèl hatte sich mit seinen neuen Klamotten nach hinten verzogen, dort gab es eine Toilette. Und ich nahm an, auch ein Waschbecken.

Mit dem Waschsalon als Oase der Ruhe war es schon eine ganze Weile vorbei. Von draußen von der Straße drang das Heulen der Polizeisirenen bis in die hinterletzten Winkel des Raumes. Die Stadt war erfüllt vom Jaulen an- und abschwellender Sirenen. Im nächtlichen Sound von Berlin tobte die nackte Lärm-Hysterie.

Ich blickte auf die Uhr, als Strobèl wieder auftauchte. 23:03 Uhr. Trotz der Dunkelheit konnte ich erkennen, dass sich seine Haltung gestrafft hatte. Er wirkte größer, aktiver, souveräner. Der Freizeitdress war zwar zu groß für ihn, er hatte die Ärmel und die Hosenbeine umgeschlagen, aber das fiel nicht weiter auf, weil alles an den Klamotten irgendwie aufgeplustert und aufgebläht wirkte.

»Gut sehen Sie aus«, sagte ich.

»Tu ich nicht!«, entgegnete er. »Ich seh bescheuert in diesen Sachen aus. Wie der hinterletzte Assi-Depp. Aber das ist mir zurzeit so was von schnurzpiepegal.« Er wiederholte es besonders langsam: »Schnurzpiepegal.«

Er holte sein Handy aus der Schlabberhose. »Ich werd noch ein paar Anrufe erledigen. Sie können ja derweil die Polizei benachrichtigen. Wenn ich die Lage richtig einschätze, ist die Gefahr vorbei, und die Killer sind über alle Berge.«

»Die Einschätzung teile ich«, sagte ich. »Deshalb hab ich die Bullen bereits gerufen.«

Ich konnte seine Augen in der Dunkelheit nicht sehen, aber mir war klar, dass er mich anstarrte. »Sie haben was?«

»Die Bullen gerufen, als Sie sich in ihr Boudoir begeben, sich einer Grundreinigung unterzogen und die Klamotten gewechselt haben.«

Er trat jetzt ganz nahe an mich heran. »Sie haben eigenmächtig … ohne mich zu fragen … während ich noch auf der Toilette beschäftigt war …?«

»Machen Sie mal halblang, ja! Sie müssen sich jetzt nicht gleich wieder in Ihr neues Höschen scheißen. Wir sind hier safe. Wir beide, Sie und ich, warten jetzt ganz brav auf die Bullen, damit wir unsere Aussagen machen können zu dem Mordanschlag auf Sie.«

Er sagte nichts. Stand nur da. Direkt vor mir.

Ich wartete darauf, dass er aus der Haut fuhr. Aber den Gefallen tat er mir nicht. Ich hätte ihm nur zu gerne die Fresse poliert.

Ich hörte, wie die Tür zum Waschsalon aufging.

Ich drehte den Kopf.

Zwei Männer betraten den Raum.

*

Männer in Jacken. Männer ohne Schnellfeuergewehre.

Mehr konnte ich nicht erkennen. Nur ihre Umrisse.

Ich nehme mal an, mehr konnten sie auch nicht von uns erkennen. Beide schlugen die Schöße ihrer Jacken nach hinten. Sie griffen zu den Waffen in ihren Holstern. Zogen sie aber nicht heraus.

Schließlich sagte einer der beiden mit einer heiseren und zugleich lässig klingenden Stimme: »Mein Name ist Kommissar Elvers, und das ist mein Partner, Kommissar Lorek. Kripo Berlin. Wer sind Sie?«

Ich hörte, wie Strobèl neben mir mit den Füßen scharrte.

Ich sagte: »Degenhardt. David Degenhardt. Ich habe vorhin bei der Polizei angerufen.«

»Degenhardt. Ist okay«, sagte die feste, klare Stimme des anderen Mannes, die von Kommissar Lorek: »Und der da neben Ihnen? Das ist ...«

»Jacques Strobèl!«, ertönte es schnell, fast überhastet neben mir.

Die beiden Kommissare nahmen die Hände von ihren Waffen.

Ich sagte: »Neben der Eingangstür ist der Lichtschalter.«

Lorek drehte sich um, suchte die Wand neben der Tür ab.

Er fand schließlich den Lichtschalter. Die Neonröhren surrten, flackerten, leuchteten auf.

Die beiden Männer blinzelten. Wie wir auch.

Sie trugen schwarze Anzüge, weiße Hemden, schwarze Krawatten. So als kämen sie gerade von einer Beerdigung oder von einer Blues-Brothers-Tribute-Party.

Lorek, der noch den Finger auf dem Lichtschalter hatte, war eher der hagere Typ, große Augen, große Nase, großer Mund, glatte braune Haare, brav rechts gescheitelt.

Der andere, Elvers, war fülliger, breiter, ohne wirklich fett zu sein. Rundes, zufrieden wirkendes Gesicht, Augen, die trotzdem misstrauisch blickten, schmale Lippen.

Die beiden Männer musterten uns von oben bis unten.

»Sie sind also die beiden Männer, auf die man den Anschlag vor dem *Studio 45* verübt hat?«, sagte Elvers launig.

»Vor meinem *Studio 45*«, korrigierte ihn Strobèl. »Das ist mein Club.«

Elvers zog die Augenbrauen hoch. »*Ihr* Club, ja, klar. Jacques Strobèls Club. Tut mir leid, wenn ich mich so unpräzise ausgedrückt habe.«

»Schwamm drüber«, sagte Strobèl. »Haben Sie die Schützen erwischt? Die Killer? Diese verdammten Dreckschweine.«

»Ganz langsam, ja!«, sagte Elvers und kam auf uns zu. Lorek folgte ihm, blieb aber immer einen Schritt hinter ihm zurück.

»Was heißt hier langsam?«, schnarrte Strobèl. »Ich will …«

Elvers hob beide Hände. »Langsam!«

Strobèl hielt die Klappe. Was ihm sichtlich schwerfiel.

Elvers Blicke blieben an Strobèls Kluft hängen. Der blauweiß gestreifte, eindeutig zu große Freizeitanzug, kombiniert mit Tausend-Euro-Slippern an den Füßen gab ihm sichtlich zu denken. »Sie wollen also der große Immobilien-Unternehmer Jacques Strobèl sein? Interessantes Outfit. Hab wohl so nen Modetrend verpasst, der in Ihren gesellschaftlichen Kreisen momentan angesagt ist. Können Sie sich ausweisen?«

»Meinen Sie das ernst?« Strobèl machte ein Gesicht, als hätte er in eine Zitrone gebissen. Er begann, fahrig in der schlabbrigen Hose zu wühlen, fingerte schließlich seinen Ausweis heraus und reichte ihn dem Kommissar.

Der inspizierte den Ausweis, kniff ein Auge zu, verglich das Bild mit Strobèls Gesicht und gab ihm den Ausweis wieder zurück.

»Jetzt Sie«, schnauzte ihn Strobèl an. »Sie haben ja sicherlich auch einen Dienstausweis.«

»Nur die Ruhe!«, sagte Elvers. Er wandte sich an mich. »Ihr Ausweis, bitte!«

Obwohl mein Anzug verdreckt und zerknittert war, hielt er sich an meinem Äußeren nicht auf. Ich zeigte ihm den Ausweis, er nickte. Ein kurzer Blick hatte ihm gereicht.

»Und jetzt«, sagte er gelassen zu Strobèl, »werden wir Ihrem Wunsch nachkommen.« Lorek stellte sich neben ihn, die beiden zückten ihre Ausweise. Strobèl nahm sie missmutig in Augenschein, dann steckten sie sie wieder ein.

»Zufrieden, Herr Strobèl?«, fragte Lorek mit seiner festen Stimme. Er strich sich seinen Scheitel glatt.

»Zufrieden?« Strobèl schüttelte ungläubig den Kopf. Dass er die beiden für inkompetente Witzfiguren hielt, war ihm anzusehen. »Sie haben nun unsere Identitäten festgestellt. Gut, Sie wissen jetzt, dass wir wirklich und wahrhaftig diejenigen sind, die vor Kurzem vor dem *Studio 45* von einem Maschinengewehr, oder was weiß ich, beschossen wurden. Und wenn Sie über medizinische Grundkenntnisse verfügen, wissen Sie auch, dass wir beide mit dem Leben davongekommen sind. Ich nehme an und hoffe, dass Sie also umfassend informiert sind über diesen Mordanschlag auf mich, über alles.« Er machte eine Pause und fuhr dann mit mühsam gezügelter Stimme fort: »Und jetzt würde mich einfach interessieren, wie es jetzt weitergeht. Ist für unsere Sicherheit gesorgt? Kommen noch mehr von Ihren Kollegen? Nehmen Sie uns mit? Wann und wo können wir unsere Aussagen machen. Haben Sie die Täter bereits? Was wissen Sie über die Hintermänner? Sie sehen – lauter Fragen, die einem so in den Sinn kommen, wenn man dem Tod gerade so von der Schippe gesprungen ist.«

Lorek und Elvers tauschten Blicke aus. Dann griff Elvers in aller Ruhe in seine Jackentasche, holte ein Bonbon heraus und zerbiss es genüsslich.

Er schien alle Zeit der Welt zu haben. Schließlich sagte er: »Was ich nicht ganz verstehe, aber vielleicht muss ich das ja auch nicht, ich bin ja nur ein dummer Bulle, also, was ich nicht so ganz verstehe, ist, was so ein millionenschwerer Immobilienmogul wie Sie hier macht? In so einem heruntergekommenen Waschsalon? In derart abgetragenen, lächerlichen Klamotten? Also was machen Sie hier? Mit Ihrem …«, er warf mir einen kurzen, beiläufigen Blick zu, »… Chauffeur, der zwar auch etwas ramponiert, aber bei Weitem nicht so ›aufgedonnert‹ aussieht wie Sie?«

»Wollen Sie jetzt wirklich über meinen Kleidungsgeschmack mit mir diskutieren?«

»Nein«, sagte Elvers. »Will ich nicht. Mich interessiert nur Ihre Antwort auf meine Frage.«

»Hören Sie, Herr … Kommissar … Elvers. Das alles geht Sie einen Scheißdreck an.«

Bei Strobèl knallten die ersten Sicherungen durch. Ich kannte ihn nicht gut, aber inzwischen gut genug, dass ich es ihm anhören und anmerken konnte. Er hatte sich offensichtlich von der Polizei, deinem Freund und Helfer, etwas anderes vorgestellt. Vielleicht mehr Verständnis, mehr Fürsorge, mehr Dienstbeflissenheit, mehr Tatendrang. Keine Ahnung.

Er griff in seine Schlabberhose und holte sein Handy heraus. »Wissen Sie was? Ich ruf jetzt bei Ihrem Vorgesetzten an. Nein, nicht bei irgendeinem Vorgesetzten. Bei Ihrem obersten Dienstherrn. Zufällig kenne ich den Polizeipräsidenten, der wird …«

»Das müssen Sie nicht«, sagte Elvers und hob beschwichtigend beide Hände. »Sie müssen nicht anrufen, ist komplett überflüssig.«

Lorek räusperte sich neben ihm. »Jetzt lassen wir mal ein bisschen Dampf ab, ja. Versetzen Sie sich doch mal in unsere Lage, Herr Strobèl. Wir haben Ihren Wagen gesehen. Der besteht inzwischen aus mehr Löchern als aus Blech … ein Wunder, dass darin keine Leichen gefunden wurden. Also – hat sich die Polizei in Berlin unverzüglich auf die Suche gemacht – nach Ihnen, Ihrem Chauffeur und nach den Tätern. Ist doch logisch. Und jetzt … jetzt finden wir Sie hier, quicklebendig in einem Waschsalon in dieser … dieser …«, seine Blicke wanderten bei Strobèl wieder von oben nach unten, »… dieser Aufmachung. Das kommt einem doch schon komisch vor, oder?«

Strobèl schnaubte abfällig. »Wir leben, das ist eigentlich nicht komisch. Und darüber müssten Sie sich ja freuen, sonst müssten Sie zwei Mordfälle bearbeiten. Und by the way, Sie können mich mal! Ich rufe jetzt beim Polizeipräsidenten an.«

»Das tun Sie nicht«, raunzte ihn Elvers an.

»Wollen Sie mich daran hindern?«

»Her mit dem Handy!«, wiederholte Elvers.

»Lecken Sie mich am Arsch.«

Elvers zog die Waffe aus seinem Gürtelholster und lud sie durch.

Strobèl klappte der Unterkiefer herunter.

Lorek streckte die Rechte aus mit der Handfläche nach oben. »Kommen Sie! Machen Sie keine Schwierigkeiten! Her mit dem Handy!«

Strobèl wurde bleich. »Sind Sie … sind Sie noch ganz bei Trost?«

»Sind wir«, sagte Elvers.

»Sagen Sie mal, können wir noch mal Ihre Ausweise sehen?«, mischte ich mich jetzt ein.

»Warum?«, wollte Elvers wissen.

»Als Bullen benehmen Sie sich ein wenig seltsam.«

»Das sehe ich nicht so«, sagte Elvers, streckte den Arm mit der Waffe aus und zielte auf mein Gesicht.

Ich musste schlucken.

»Sie sind wahnsinnig«, keuchte Strobèl neben mir. »Komplett wahnsinnig.«

»Sind wir das?«, fragte Lorek mit seiner festen, klaren Stimme und zog seinerseits seine Waffe, lud sie durch und richtete sie auf Strobèls Gesicht. »Her mit dem Handy!«

Schweigen. Die Sekunden verstrichen.

Strobèl fiel in sich zusammen. Als hätte sich sein Rückgrat zu Gelee verwandelt. Er reichte sein Handy mit schlaffer Hand Lorek, der es gleich einsteckte.

»Was wollen Sie? Was wollen Sie von uns?« Strobèl schüttelte ungläubig den Kopf. »Sie sind keine Polizisten. Sie können keine Polizisten sein. Polizisten benehmen sich nicht so wie Sie! Wer sind Sie?«

Lorek und Elvers tauschten kurze Blicke, dann steckten sie ihre Waffen wieder in die Holster.

»Wir sind Bullen, Herr Strobèl!«, sagte Elvers leicht amüsiert. »Waschechte Bullen, die Ausweise sind echt, unsere Namen sind echt. He, wir sind keine Betrüger. Wir stehen auf der Seite des Gesetzes. Betrug kann mit einer saftigen Strafe geahndet werden.«

»Wenn Sie Bullen sind«, mischte ich mich ein, »was soll dieses Theater dann hier? Wir sind die Opfer eines Anschlags, den wir gerade so überlebt haben, und Sie tun so, als wären wir die Täter. Vielleicht erzählen Sie uns endlich, was Sie verdammt noch mal von uns wollen.«

»Von Ihnen, Degenhardt, wollen wir nichts. Aber von Ihnen …«, Elvers deutete auf Strobèl, »… von Ihnen wollen wir sehr wohl etwas.«

Lorek trat auf Strobèl zu, blieb direkt vor ihm stehen und verschränkte die Arme vor der Brust. »Wissen Sie, Herr Strobèl, was wir gedacht haben, als wir vorhin die Nachricht von der Zentrale bekamen, wir sollten mal im Waschsalon *CLEAN ME UP!* ganz in der Nähe vom *Studio 45* vorbeischauen, es könne sein, dass sich der gesuchte Jacques Strobèl mit seinem Chauffeur dort aufhielte?«

Strobèl gab keine Antwort.

Lorek lächelte. »Wir haben gedacht: Bingo! Das könnte ein Volltreffer sein. So was wie ein Sechser im Lotto! Könnte – wohl gemerkt! Könnte! Und dann treffen wir Sie leibhaftig hier an. Also wenn das kein astreiner Volltreffer ist!«

Strobèl zog die Stirn in Falten. »Volltreffer? Sechser im Lotto? Muss ich das verstehen?«

»Wissen Sie, Strobèl, Sie sind für uns kein Unbekannter. Nein, überhaupt nicht. Wir kennen Sie. Wir sind eigentlich von der Drogenfahndung, aber heute Abend …«, er machte eine kleine dramatische Pause, »… heute Abend wurden *alle* verfügbaren Leute zusammengezogen – und zwar nur wegen Ihnen und wegen des Feuerwerks vor Ihrem Club. Deshalb sind wir heute Abend auch hier. Als Männern der Drogenfahndung ist uns Ihr Name schon seit ein, zwei Jahren immer mal wieder begegnet. Können Sie ahnen, warum?«

Strobèl zuckte mit den Achseln.

Elvers übernahm jetzt: »Der große Immobilienmogul Strobèl macht Geld mit Immobilien – aber, und das pfeifen ja die Spatzen von allen Dächern, nach seinem Einstieg in die Clubszene auch mit Koks. Richtig viel Geld. Richtig fettes Geld.«

Strobèl musste husten. Er wischte sich mit dem Ärmel über den Mund. »Das sind alles Gerüchte. Man konnte mir nichts nachweisen.«

»Ja, weil Sie ein aalglatter Geschäftsmann sind«, sagte Elvers. »Richtig glitschig.«

»Ich habe nichts mit Drogengeschäften zu tun.«

»Verkaufen Sie uns nicht für dumm«, sagte Lorek. »Sie machen Millionen mit Gebäuden aller Art und seit einer gewissen Zeit auch Millionen mit Drogen aller Art, vor allem mit Kokain. Sie können einfach den Hals nicht vollkriegen. Und wir kleinen Bullen, wir bekommen im Vergleich zu Ihnen einen jämmerlichen Lohn, ein jämmerliches Nichts. Riskieren regelmäßig Kopf und Kragen, um solchen widerlichen Arschgeigen wie Ihnen hinterherzuhecheln, die aber immer wieder durchschlüpfen, weil sie so tolle Verbindungen haben *nach ganz oben*, zum Beispiel *zum Polizeipräsidenten*. Das ist doch nicht gerecht, oder?«

Strobèl gab keine Antwort.

Lorek senkte den Kopf, nahm die Arme herunter, drehte sich um und stellte sich wieder neben seinen Kollegen. »Ich fürchte, wir haben jetzt schon viel zu lange gequatscht, Strobèl. Kommen wir zum Ende, nicht dass hier im Waschsalon auf einmal die abendliche Rushhour einsetzt und wir dumm in der Gegend herumstehen. Sie haben etwas, Herr Strobèl …«, er machte wieder eine kleine dramatische Pause, »… das wir gerne hätten.«

Strobèl blickte ihn konsterniert an. »Und das wäre? Wollen Sie Geld? Oder was wollen Sie?«

»Folgendes: Wir alle, Sie und wir, wissen, dass Sie am Westhafen einen Container stehen haben, randvoll mit Koks. Keine Ahnung, wie er dorthin gekommen ist, keine Ahnung, seit wann er dort steht, keine Ahnung, was Sie mit dem Koks vorhaben. Ist irgendwie durch alle Kontrollen gekommen. Dieses Koks hätten wir gerne.«

»Ich weiß nicht, wovon Sie sprechen.«

Lorek warf Elvers einen kurzen Blick zu, dann holte er aus seiner Jackentasche zwei kurzläufige Pistolen heraus und präsentierte sie uns auf seinen Handflächen wie Geschenke. »Wir können es auf die normale, die vernünftige Tour machen – oder auf die harte Tour. Machen Sie weiter auf ›Ich weiß von nichts‹, knallen wir Sie beide ab. Der große Immobilienmogul Strobèl und sein Chauffeur – mausetot. Haben auf ihrer Flucht in Panik mit zwei Waffen, die sonderbarerweise nicht registriert waren, auf zwei Kriminalbeamte in Zivil geschossen. Einfach so! Niemand weiß warum. Aber die beiden Kriminalbeamten mussten sich verteidigen. Was blieb ihnen sonst übrig? Beim anschließenden Schusswechsel wurden Strobèl und sein Chauffeur dann tödlich verletzt. Sehr bedauerlich.«

»Also – wo steht der Container?«, wollte Elvers wissen.

Strobèl musste schlucken. »Und wenn ich es Ihnen sage? Was dann? Dann legen Sie uns trotzdem um?«

Elvers schüttelte den Kopf. »Wieso sollten wir! Wenn Sie reden, und wir haben das Koks, dann ist die Sache für uns erledigt. Wir knallen sie danach nicht ab. Warum auch? Wir sparen uns viel Arbeit, viel Papierkram, wenn wir Sie nicht umlegen – und natürlich viel Ärger mit der Internen. Auf die ist niemand scharf.« Er lächelte süffisant. »Und Sie – Sie werden nichts tun können gegen uns. Sie werden nichts unternehmen können gegen uns. Sie werden uns nicht anzeigen oder uns *verpetzen*. Warum auch? Wie soll das gehen? Sie können nicht einfach ins nächstbeste Polizeigebäude marschieren und herumposaunen: *He, hört mal alle her! Scheiß-korrupte Bullen haben eine halbe Tonne Koks geklaut, die mir gehört. Fasst sie! Aber plötzlich!* Nee, Sie werden die Füße stillhalten. Und das ist auch gut so. Sie sagen uns, wo der Container steht, und anschließend trennen wir uns als Freunde.«

»Als gute Freunde«, grinste Lorek.

Strobèl warf mir einen Blick zu, als erwarte er von mir die einzig richtige Antwort auf alle Fragen, die ihn gerade quälten.

Ich konnte sie ihm nicht geben.

Er blickte zu Boden, dann wieder hoch. Blickte Lorek an. »Wenn ich Ihnen jetzt die Nummer des Containers sage und wo er steht … der Container ist verriegelt, und …?«

Lorek ließ ihn nicht ausreden. »Lassen Sie das unsere Sorge sein«, sagte er und steckte die beiden Pistolen wieder in seine Jackentasche. Dafür holte er jetzt sein Handy heraus. »Wir haben einen guten Freund am Westhafen. Der findet Ihren Container, und das Schloss ist für ihn kein Problem. Der kriegt jedes Schloss auf. Und dann sagt der uns auch, ob Sie uns verarscht haben oder nicht. Das geht ganz schnell. Aber wie schon gesagt – wir haben nicht ewig Zeit.«

»Und wenn Ihr … Freund … wenn er bestätigt, dass es der richtige Container ist, dann …«

Lorek grinste. »… verabschieden wir uns artig von Ihnen und ziehen Leine. So einfach.«

Elvers ergänzte: »Am Ende sind Sie fein raus. Alle Welt wird über Sie sprechen. Kostenlose Werbung. Die Geschäfte werden florieren. Das bisschen Koks tut Ihnen nicht weh. Das spüren Sie gar nicht. Und außerdem haben Sie heute Nacht ein neues, schickes Outfit bekommen, Sie Glückspilz! Was wollen Sie mehr? Eine Win-win-Situation für Sie, für uns, für alle!«

*

Das sah Jacques Strobèl natürlich ganz anders. Er war sauer, er war verärgert, er war wütend. Aber war das verwunderlich? Nein, ganz und gar nicht.

Elvers und Lorek hielten übrigens ihr Wort. Nachdem Strobèl die Containernummer und den Standort verraten hatte, kontaktierte Lorek den Kontaktmann im Westhafen. Der schien recht fix zu sein, denn nach knapp fünfzehn Minuten kam von ihm die Meldung, dass er den Container gefunden, geöffnet und das Koks entdeckt habe.

Die beiden Bullen zogen von dannen, nicht ohne vorher noch Strobèl sein Handy zurückzugeben.

Mit dem rief er sogleich die Polizei an, und wenige Minuten später wimmelte es im Waschsalon und draußen auf der Straße von Bullen in Zivil und in Uniform.

Der Mordanschlag hatte bereits für Sondersendungen im Fernsehen gesorgt. Wie durch ein Wunder war niemand getötet worden, ja, es hatte nicht einmal Schwerverletzte gegeben. Nur Leichtverletzte aufgrund schlapper Querschläger und Glassplitter.

Strobèl und ich wurden noch in der gleichen Nacht vernommen, richtig ausgequetscht, Aber wir brauchten uns ja nicht zu verstellen oder zu lügen. Wir ließen lediglich die Passage mit Lorek und Elvers und dem Koks weg.

Was die Schützen anging, tappte die Polizei im Dunkeln. Natürlich wurde Strobèl durchleuchtet, natürlich kamen all die Gerüchte um die Koks-Geschäfte wieder hoch, natürlich wurde alles gecheckt, aber es gab keine Hinweise, dass er irgendwie oder irgendwo im Drogenbusiness mitmischte, geschweige denn, dass potenzielle Kunden von ihm es auf ihn abgesehen haben könnten. Und überhaupt – wer sollte tatsächlich und bewusst einen solchen Medienrummel provozieren wollen?

Die Drogen-Mafia, die das ganz große, das richtig große Geld machte – die agierte im Dunkeln. Sie hatte kein Interesse daran, dass man etwas von ihr hörte, sah oder irgendetwas von ihr mitbekam. Warum sollte dann ausgerechnet sie dieses Höllenspektakel hier in der Hauptstadt inszenieren wollen? Das machte keinen Sinn.

Auch der Bereich Geldwäsche im Immobiliensektor wurde durchforstet, ebenfalls alle möglichen italienischen, russischen oder arabischen Hintermänner beleuchtet.

Ergebnis: nichts.

Als es zwei Wochen später zu einer Schießerei in Neukölln zwischen zwei verfeindeten Clans kam, bei denen sich irgendwelche Irren mit Kalaschnikows eine Viertelstunde auf offener Straße beschossen und acht Schwer- und vierzehn Leichtverletzte ins Krankenhaus eingeliefert werden mussten, kam die Polizei langsam zu dem Schluss, dass die Sache mit dem Mordanschlag auf Strobèl ein Irrtum gewesen sein musste.

In einer offiziellen Verlautbarung hieß es schließlich, dass ein Clan-Chef ein Exempel am Chef eines anderen, eines verfeindeten Clans, statuieren wollte, und dass wir mit dem Maybach einfach zur falschen Zeit am falschen Ort gewesen waren.

*

Und jetzt wollen Sie vielleicht wissen, wie es mir nach dem Anschlag ging. Nun, ich arbeitete ganz normal weiter bei dem Security-Unternehmen als Personenschützer und als Chauffeur. Der Job war gut bezahlt, und ich machte ihn gern.

Strobèl meldete sich einmal bei mir, versuchte, sich einzuschmeicheln, klar, er wollte, dass ich über all die kleinen Abenteuer, die wir an dem besagten 11. April gemeinsam erlebt hatten, die Schnauze hielt. Ich konnte ihn beruhigen und ihm versichern, dass es in unserem Gewerbe so eine Art Schweigepflicht gebe. Wie bei einem Rechtsanwalt. Oder einem Priester.

Er traute mir trotzdem nicht ganz und wollte mir daher noch eine kleine Gratifikation von zehntausend Euro zukommen lassen. Die ich sofort ablehnte. Trinkgelder in dieser Höhe nahm ich aus Prinzip nicht an. Er war sauer, er bestand darauf, dass ich das Geld annahm, er bestand so penetrant darauf, dass ich ihm sagte, er solle es sich in den Arsch schieben.

Damit war das Gespräch beendet. Was mir vollkommen recht war. Ich wollte nichts mehr mit ihm zu tun haben.

*

Als ich gut zwei Monate nach dem Mordanschlag früh morgens kurz nach Sonnenaufgang an der Spree entlang joggte – ich war allein auf der Strecke, – bremste ein weißer Benz neben mir, und ehe ich mich versah, war ich von vier kräftigen Kerlen in schwarzen Lederjacken eingekreist. Sie kamen alle gleichzeitig mit Totschlägern auf mich zu. Einem trat ich das Knie weg, einen zweiten erwischte ich mit einem Schwinger an der Schläfe, einem dritten hämmerte ich die Faust in den Magen, aber dann traf mich ein Schlag auf den Hinterkopf, und ich ersoff in einem Meer aus dunkelster Dunkelheit.

Als ich wieder zu mir kam, saß ich auf einem Holzstuhl direkt an der Wand eines leeren, feuchten, kalten Betonkellers. Mit Panzerband hatte man meine Beine an die Stuhlfüße und meine Arme und meinen Oberkörper an die Rückenlehne gefesselt.

Ich konnte mich so gut wie nicht bewegen. In meinem Schädel pochte ein Schmerz, als würde ein notdürftig angespitzter Holzpfosten darinstecken.

Außer mir waren noch fünf weitere Männer in dem Keller: die vier, die mich auf meiner Jogging-Strecke überfallen hatten. Und Jacques Strobèl. Weiße Leinenhose, weißes Halbarm-Leinenhemd, weiße Sneaker.

»Schön, dich wiederzusehen, Chauffeur«, sagte er und drehte scheinbar gedankenverloren an dem Siegelring an seinem kleinen Finger.

»Echt jetzt?«

Er schmunzelte. Trat langsam auf mich zu. Seine Schuhsohlen produzierten auf dem Betonboden beim Gehen leichte Schmatzgeräusche.

»Du fragst dich sicher, was du hier machst? Warum ich dich hierher habe bringen lassen.«

»Waren wir das letzte Mal nicht beim Sie?«

Er schlug mit der Faust zu, er war schnell, aber ich konnte meinen Kopf noch rechtzeitig zurückreißen. Sein Schlag touchierte Unterkiefer und Mund.

Nichts mehr mit Schmunzeln. »Ich bestimme, wie ich mit dir hier rede! Ob ich dich mit Sie, mit Du oder mit Arschloch anrede.«

Ich zuckte mit den Schultern. Was nicht wirklich klappte wegen der unzähligen Meter Panzerband, mit dem ich umwickelt war.

»Jetzt hör mal her, du Arschloch«, sagte er und zielte theatralisch mit dem Zeigefinger auf mich. »Du bist mir fünfzig Millionen Euro schuldig. Mindestens!«

»Fünfzig Millionen? Hast du sie nicht mehr alle?«

Er rollte mit den Schultern. Erst nach vorne, dann nach hinten. Machte sich locker. »Du hast gedacht, ich kriege das nicht raus. Du hast gedacht, mir ist das gleichgültig, dass man mich bestiehlt. Du hast gedacht: ›Ach, der Jacques Strobèl hat ja so viel Geld, dem macht das nichts aus.‹ Falsch gedacht. Das macht mir was aus. Das macht mir sogar sehr viel aus.«

»Komm endlich auf den Punkt«, sagte ich.

»Du kannst die Polizei verarschen, aber mich nicht. Mich nicht!«

»Ich versteh nur Bahnhof.«

»Na, komm schon. Stell dich nicht dümmer an, als du bist.« Er strich sich die Haare mit beiden Händen zurück und lächelte. »Die Sache mit den kriminellen Banden. Die Sache, dass ich nur *rein zufällig* ins Schussfeld der Berliner Clans gekommen bin. Das ist doch alles nur Bullshit!« Das Lächeln wurde zu einem breiten Grinsen, so zufrieden war er mit sich. »Mir war klar, dass an der Sache was faul war. Schon als du mich zu meinem Club gefahren hast, war was faul. Deine ganzen dummen Geschichten während der Fahrt – du wolltest mich aus der Fassung bringen.«

»Ich hab dir den Arsch gerettet. Vor deinem Club. Schon vergessen?«

»Falsch, ganz falsch. Selbst die dümmsten Bullen haben zugegeben, dass es an ein Wunder grenzt, dass bei 303 Kugeln, die in den Maybach eingeschlagen waren, keine einzige weder dich noch mich getroffen hat.«

»Schlechte Schützen?«, gab ich zu bedenken.

»Quatsch. Wer einen Mordanschlag plant, sucht sich doch keine Deppen aus, die nicht treffen können.«

Er begann jetzt auf und ab zu gehen. Das Schmatzen seiner Schuhsohlen ging mir langsam auf die Nerven. Er blieb wieder vor mir stehen, sah auf mich herab. »Die Konversation mit den beiden Bullen in dem Waschsalon … diese ganze Situation … sie kam mir von Anfang an …«, er blickte kurz zur feuchtigkeitszerfressenen Betondecke hoch, blickte im nächsten Moment wieder auf mich herab, »… bizarr vor. Äußerst bizarr. Ich wusste, da stimmte was nicht. Ich konnte nur nicht genau sagen, was es war. Nur ein Gefühl, aber …«

Er machte ein gespielt nachdenkliches Gesicht. »Mein Gefühl hat mich nicht getrogen.«

Er schwieg. Sah mich an, als würde er ernsthaft verstehen wollen, was gerade in mir vorging. Sagte dann: »Du weißt, dass es diese beiden Bullen gar nicht gibt? Du weißt es. Elvers und Lorek – sie existieren nicht.«

Ich sagte nichts.

Er schnippte mit den Fingern vor meinem Gesicht.

Ich sagte immer noch nichts.

Er fuhr fort: »Ich habe eine Detektei eingeschaltet. Sie sollte diskret diesen Kommissaren Elvers und Lorek nachspüren. Ob sie Dreck am Stecken haben, korrupt sind, schon früher Sachen unterschlagen haben, so was halt. Aber sie haben nichts, absolut nichts über die beiden herausgefunden.«

Er machte eine Pause, sagte dann: »Die Kommissare Elvers und Lorek waren Fake-Bullen.« Er stemmte die Fäuste in die Hüften. »Und die Frage lautet jetzt: Wer hat die Fake-Bullen gerufen? Erinnerst du dich? Das warst du!«

Ich seufzte. »Quatsch! Ich hab den Notruf gewählt. 110. Woher sollte ich wissen, wer schließlich zu uns geschickt wird?«

Er kniff ein Auge zusammen. »Und diese beiden Fake-Bullen sind dann ganz zufällig bei uns reinmarschiert? Ach, komm schon, verarsch mich nicht.«

Ich grinste zu ihm hoch. »Hör mal her! Es kann ja sein, dass es diese beiden Bullen ja doch in Wirklichkeit gibt, dass es ihnen aber wie vielen Bullen – gerade auch in der Drogenfahndung –, leichtfällt, falsche Identitäten anzunehmen. Schon mal daran gedacht? Sie haben doch gesagt, als sie deinen Namen gehört haben, hatten sie den Plan gefasst, dich übers Ohr zu hauen. Also überleg mal – sie suchen uns, finden uns, nennen uns ihre falschen Namen, zeigen uns ihre falschen Ausweise und machen sich dann mit deinem Geld aus dem Weg. Scheiße gelaufen für dich. Aber so läuft das manchmal im Leben.«

Er ließ sich mit seiner Erwiderung Zeit. Dann schüttelte er mitleidig den Kopf. »Es ist kein Notruf in der Zeit, als wir im Waschsalon waren, bei den Bullen eingegangen. Normalerweise kann man Notrufe auch zurückverfolgen, Arschgesicht. Und weißt du was? Aus dem Waschsalon ist kein Notruf ausgegangen.«

»Behauptet wer? Die Bullen etwa? Die ja nie Fehler machen? Die immer alles perfekt machen? Diese Luschen! Dort weiß doch die rechte Hand nicht, was die linke macht, ob sie sich am Sack kratzt oder am Ohr.«

»Nein«, sagte er, beugte sich vor zu mir und wedelte mit dem Zeigefinger oberlehrerhaft vor meinem Gesicht. »Du kannst dich nicht rausreden. Ich hab dich. Ich hab dich am Arsch. Und du weißt es.«

Er blickte triumphierend auf mich herab, und wie ich in seine Augen schaute, wusste ich, dass ich ihn unterschätzt hatte.

Scheiße! Er stimmte. Er hatte mich am Arsch …

*

… Lorek, der Hagere der beiden Fake-Kommissare, hieß in Wahrheit Leo Bruning; Elvers, der etwas Fülligere, hieß Johann *Joe* Esterhazy.

Wir kennen uns schon ewig, sind alte Freunde. Leo und Joe arbeiten, sagen wir es mal höflich, für ein *Inkasso-Unternehmen.* Und als solche hatten sie eines schönen Tages einen Midlife-Crises-geplagten Single, der mit mehreren Hunderttausend Euro bei einem privaten Geldverleiher in der Kreide stand, in die Mangel genommen. Er erzählte ihnen schließlich nach dem Verlust mehrerer Zehennägel, er habe zwar kein Geld, könne ihnen aber helfen, ganz easy an eine große Koks-Lieferung ranzukommen. Wie? Nun ja – er war Buchhalter eines großen internationalen Unternehmens, und am Feierabend machte er noch die Buchhaltung für den illegalen Geschäftsbereich von Strobèls Firmenimperium. Als solcher verdiente er zwar ein Schweinegeld, verzockte aber alles innerhalb kürzester Zeit in billigen Spielcasinos.

Leo und Joe wurden hellhörig. Nach einem weiteren herausgerissenen Zehennagel erzählte ihnen der Kerl, dass es sich um eine Lieferung von fünfhundert Kilo Kokain aus Übersee handelte. Der Wert: pi mal Daumen fünfzig Millionen Euro. Ein schöner Batzen Geld. Das Problem: Der Buchhalter wusste zwar, dass das Koks in einem Container zum Berliner Westhafen geliefert werden würde, aber nicht genau, um welchen Container es sich handelte und wo sein Standort sein würde. Dieses Wissen besaß alleine – Trommelwirbel! – Jacques Strobèl.

Und hier kam ich dann ins Spiel. Leo und Joe erinnerten sich daran, dass ich seinen Namen ihnen gegenüber vor nicht allzu langer Zeit erwähnt hatte. Nämlich bei der Firmungsfeier des jüngsten Sohnes von Leo. Ich hatte ihm und Joe so nebenbei erzählt, dass ich demnächst den berühmten Immobilienunternehmer Jacques Strobèl chauffieren würde, der ganz zufällig auch aus meiner Heimatstadt stammte.

Ein Schritt folgte auf den anderen. Sie kontaktierten mich, erzählten mir von der Drogen-Lieferung und weil ich gegen einen kleinen Nebenverdienst auch nichts einzuwenden hatte, fingen wir an, gemeinsam einen Plan zu schmieden, wie wir an Strobèls Koks kommen konnten.

Dafür musste Strobèl uns die nötigen Infos zu dem Container liefern. Und freiwillig würde er das nicht tun, das war uns klar. So kamen wir auf die Idee mit dem Mordanschlag auf ihn – und dass wir ihn den Clans hier in Berlin in die Schuhe schieben konnten. Die waren schon seit Monaten, wenn nicht gar seit Jahren, in aller Munde.

Die Rollenverteilung bei unserem Plan stand von Anfang an fest: Ich war der Chauffeur, und Leo und Joe sollten sich als zwei fiese Bullen ausgeben. Wir brauchten einen weiteren Mann am Westhafen, der sich um den Container kümmern sollte. Der war schnell gefunden. Joe hatte einen jüngeren Bruder, Max, ein Computer-Nerd und begnadeter Tresor- und Schloss-Knacker, flink im Kopf und als Parcours-Läufer auch flink auf den Beinen.

Alles lief wie geplant ab. Ort und Zeit standen fest. *Studio 45*, etwa 22:30 Uhr. Eine leere Wohnung gegenüber des Clubs im vierten Stock hatte Max schon Tage zuvor geknackt. Dort postierten sich Leo und Joe. Kalaschnikows und ein paar tausend Schuss zu organisieren, war ein Kinderspiel. Als ehemalige Angehörige des Kommandos Spezialkräfte der Bundeswehr kannten sich die beiden mit den Kalaschnikows wie prinzipiell mit Waffen aller Art verdammt gut aus – und wussten auch, wie man mit ihnen schoss und wie man mit ihnen traf. Beziehungsweise – wie man mit ihnen auch nicht traf.

So sollten sie den Maybach treffen, aber weder Strobèl noch mich. Wir hatten dreißig Sekunden vereinbart. Nach spätestens dreißig Sekunden mussten wir beide aus dem Wagen raus sein, dann würden ihn Leo und Joe komplett unter Beschuss nehmen.

Ich sollte derweil mit Strobèl durch das Werbegrafikbüro und über den Hinterhof zu dem Antiquariat flüchten. Die

Tür war nicht abgeschlossen, dafür hatte Max gesorgt. Ich könnte sie mit einer Scheckkarte problemlos öffnen.

Doch dann kam ja das kleine Missgeschick mit Strobèls nervösem Darm dazwischen, und wir fanden uns auf einmal im Waschsalon nebenan wieder. Aber auch das war keine Katastrophe. Ich informierte Leo und Joe über den Ortswechsel, während sich Strobèl umzog.

Unseren Zeitplan hielten wir weiterhin tadellos ein, und die Show, die wir im Waschsalon abzogen, war vom Feinsten.

Nachdem dann Max die Infos über den Container im Westhafen bekommen und diesen auch geknackt hatte, fing er an, das Kokain in einen Lieferwagen umzupacken. Den fuhr er dann anschließend zum Haus seines Bruders und stellte ihn dort in der Garage ab.

Leo und Joe ließen in den nächsten Tagen ihre Connections im durchaus dubiosen Inkasso-Gewerbe spielen, und innerhalb von zwei Wochen waren wir den Stoff los und um exakt 51.100.000 Euro reicher.

Wir teilten durch vier, klarer Fall, und vereinbarten, dass wir erst nach einem halben Jahr langsam, ganz langsam anfangen würden, das Geld auszugeben, damit niemandem unser plötzlicher Reichtum auffiel.

Alles war optimal gelaufen, und – Hand aufs Herz: Im Nachhinein hatte sich die ganze Sache tatsächlich als Win-win-Situation für alle Beteiligten herausgestellt: Strobèls Feierabend-Buchhalter war auf einen Schlag all seine Schulden los, weil wir ihn für seine Informantendienste gut bezahlten. Für Strobèl selbst bedeutete der Mordanschlag auf ihn Publicity pur. Wer ihn vorher nicht kannte, konnte ihn jetzt auf allen Kanälen als begehrten Interview-Partner und Talkshow-Gast erleben. Sein Unternehmen brummte. Ebenso wie sein *Studio*

45. Sein zerschossener Maybach wurde tatsächlich voll umfänglich von der Versicherung bezahlt. Die Versicherung ließ es sich dann ihrerseits nicht nehmen, aus ihren großzügigen Leistungen in dieser Sache Werbung für sich zu machen, und zu guter Letzt kaufte ein bekannter zeitgenössischer Künstler den zerschossenen Wagen, um ihn in eine weltweit beachtete Installation mit Crash-Test-Dummies ohne Kopf einzubauen.

Tja, am Schluss gab es nur Gewinner.

Dachte ich jedenfalls …

*

… Falsch gedacht. Ich hatte tatsächlich gedacht, er hätte seinen Verlust an Koks und an Geld abgeschrieben, ganz einfach, weil er diesen Verlust schon rasch wieder reingeholt hatte. Ich hatte gedacht, er hätte die offensichtliche Win-win-Situation für alle Beteiligten akzeptiert.

Aber ich hatte mich getäuscht. Er kam sich einfach nur verarscht vor, angeschissen, aufs Kreuz gelegt. Er, der große Jacques Strobèl. Er hatte sich von ein paar kleinen Gaunern über den Tisch ziehen lassen. Er sah sich als Loser, als kompletten Loser, als Flasche, als Versager.

Ich hatte mir vorgestellt, dass er in seiner ganzen Eitelkeit seine neue mediale Präsenz und Prominenz genoss, aber er empfand sie keineswegs als angemessene Entschädigung. Ganz im Gegenteil.

Ich sah in seine Augen, und sah in ihnen die Sorge, die Befürchtung, die Angst davor, dass die Menschen ihn nicht für voll nahmen, dass sie ihn nur als Abendunterhaltung wahrnahmen. Als billigen B-, C- oder D-Star. Als *Tanzbärchen* auf einem Tisch in einer Kneipe in Balingen, die es nicht mehr gab.

»Wo ist mein Geld?«, sagte Strobèl. »Oder wenn du noch mein Kokain haben solltest – wo ist es?«

»Leck mich am Arsch.«

Er schlug schnell und ansatzlos zu.

»Wo ist mein Geld?«

»Such doch in deinem Arsch!«

Er schlug wieder zu. Und wieder. Er war es nicht gewohnt zu boxen. Er schlug schnell, aber nicht sonderlich hart. Meinem Brummschädel taten die Schläge nicht gut, klarer Fall, aber er knockte mich auch nicht aus.

»Wo sind deine Kumpels, wo sind die Fake-Bullen? Wo haben sie sich versteckt? Wer hat sonst noch bei diesem beschissenen Plan mitgemischt?«

»Fick dich.«

Links, rechts, links, rechts prasselten die Schläge in mein Gesicht. Die Rückenlehne des Stuhls knallte immer wieder gegen die Betonwand. Sein Siegelring schlitzte mir die Wangen, die Stirn, die Schläfen auf.

»Halt«, sagte ich stöhnend nach einer Weile. Ich musste erst wieder zu Atem kommen.

Er hörte auf, mich zu schlagen. Seine weißen Leinenklamotten waren besprenkelt von meinem Blut. Selbst seine weißen Slipper waren rot gepunktet.

Nachdem sich meine Atmung wieder einigermaßen beruhigt hatte, sagte ich: »Mir fällt da was ein.«

»Ich höre.«

Mein Blick ging zu den vier Männern, jeder so groß wie ein doppelter Kleiderschrank. Sie waren zwar seine Handlanger, aber ich sah ihnen an, dass sie ihn bewunderten. Dass sie zu ihm aufsahen. Zu ihrem Chef. Zu dem berühmten Jacques Strobèl.

»Sag schon!«

»Hans-Uwe Strobel ohne Accent grave aus dem schwäbischen Balingen«, fing ich schließlich an. »Ich erinnere mich noch recht gut daran, wie sich dieser Hans-Uwe Strobel ohne Accent grave seine Gucci-Hose verschissen hat, als wir vor dem *Studio 45* standen und die erste Kugel in den Maybach eingeschlagen hat …«

Strobèl fing an, vor Wut zu brüllen und wie wild auf mich einzuprügeln. Irgendwann traf er mich auf dem linken, irgendwann auf dem rechten Auge. Sie schwollen ziemlich schnell zu. Ich sah nichts mehr.

Ich hörte ihn fluchen. »… Drecksau … Arschloch …« Und ich hörte ihn immer heftiger schnaufen, so arbeitete er sich an meinem Gesicht ab.

Was mich nicht davon abhielt, weiterzuquatschen und weiterzuquatschen.

»… ihr hättet ihn sehen sollen … euren Chef … wie er davongehoppelt ist … mit voll geschissener Buxe …«

Strobèls Schläge prasselten unaufhörlich auf mich ein, mein Quatschen ging in ein Lallen über, und mein Bewusstsein schwand langsam, aber bevor ich ohnmächtig wurde, war mir, als würde ich leises, dann zunehmend lauteres Lachen hören. Lachen von Männern, die groß waren wie doppelte Kleiderschränke.

ENDE

Herr Isenberg macht Ferien

Ein Reisebericht der etwas anderen Art
von
Rudolf Georg

Wir saßen einander in seinen gemütlichen Ohrensesseln gegenüber. Ein flacher Tisch zwischen uns schuf einen gewissen Abstand, aber keine Distanz. Darauf achtete er. Herr Doktor Bartelsperger war ein hervorragender Psychotherapeut, zumindest war ich dieser Überzeugung, auch wenn ich zugeben muss, dass ich noch keinen anderen kennengelernt hatte. Bei ihm fühlte ich mich gut aufgehoben. Wenn er mich über den Rand der Lesebrille hinweg ansah, sprach wirkliches Interesse aus seiner Miene. Mimik und Gestik waren kontrolliert wie alles an seiner Erscheinung. Allein mit der sonoren Stimme vermochte er, mich zu beruhigen und mir das Gefühl zu vermitteln, mit meinen Problemen verstanden zu werden. Manchmal versank ich gleichsam in seinen tiefblauen Augen, während sein Tonfall einen tranceähnlichen Zustand beschwor.

Kurz ließ er seinen Blick durch das bodentiefe Fenster über den Garten mit seiner von Blumenbeeten gesäumten, akkurat gepflegten Rasenfläche schweifen. Dann wandte er sich mir zu, schlug die Beine übereinander, hielt mit der einen Hand das ledergebundene Notizbuch und mit der anderen den Füllfederhalter, mit der er in feinsäuberlicher Schrift vermerkte, was ihm wichtig erschien.

Ich entspannte mich.

»Sie sehen erholt aus, Herr Isenberg. Erzählen Sie! Wie war Ihr Urlaub?«

»Zuerst war ich skeptisch, als Sie mir eine Rundreise durch Schottland empfahlen. Ich war noch nie mit einer größeren Gruppe Fremder in Urlaub. Noch nie, und das hat Gründe, wie Sie wissen.«

»Was war dieses Mal anders?«

»Eine Busreise mit einer zusammengewürfelten Reisegruppe. Ein gewisses Unbehagen hatte sich meiner bemächtigt, als ich daran dachte, wie sich eine solche Reisegesellschaft zusammensetzen mochte. Dank Ihrer Therapie habe ich es überwunden. Und ich muss sagen: Es war eine sehr erholsame Reise.«

Er sah mich erwartungsvoll an.

»Die Highlands, die Lochs, die Burgen und Schlösser – alles war beeindruckend.«

»Und die Menschen?«

»Die Schotten waren freundlich, zuvorkommend und so hilfsbereit. Das bin ich von hier gar nicht gewohnt.«

Ich zögerte, hielt seinem Blick stand und ließ die Frage schließlich unbeantwortet. Er strich sich durch das schüttere weiße Haar.

»Dann erzählen Sie doch einfach mal von Anfang an!« Die Neugier war ihm deutlich anzumerken.

Ich lehnte mich im Sessel so weit zurück, dass ich fast in der weichen Rückenlehne versank, überlegte kurz, dann schilderte ich ihm meine Reise. Zunächst als Stenogramm, später ausführlicher.

Die Abreise war für mich eine Herausforderung. Abfahrt noch vor der Zeit, zu der ich gewohnheitsmäßig aufstehe. Es war einfach noch nicht meine Zeit. Wenigstens erreichte ich den Flughafen recht schnell, weil auf der Autobahn kein Verkehr herrschte.

Der Berufsverkehr würde erst in einer Stunde einsetzen, niemand wollte so früh bereits arbeiten müssen. Der Urlaubsantritt war aus unerfindlichen Gründen etwas anderes.

Geordnet ging es am Stuttgarter Flughafen zu. Wehe, es tanzte einer aus der Reihe. Check-in und Gepäckaufgabe unproblematisch. Noch einen Kaffee vor der Sicherheitskontrolle, um die Lebensgeister zu wecken. Umsteigen in Frankfurt. Der Bustransfer vom Flieger zum Terminal und die Wanderung durch den Airport zum richtigen Gate dauerten länger als der Flug von Stuttgart nach Frankfurt. Ökologischer Fußabdruck? Ich wollte nicht daran denken, ich hatte Urlaub. Weiterflug nach Edinburgh. Ich dachte, in Flugzeugen herrschte Rauchverbot, dennoch roch es penetrant nach kaltem Zigarettenrauch. Nach kurzer Zeit hatte ich die Ursache ausfindig gemacht. Die Ausdünstungen rührten von einer Frau her, die eine Sitzreihe vor mir jenseits des Ganges saß. Ihre im Sitz kauernde Gestalt ließ vermuten, dass sie auch stehend nicht zu den Größten zählte. Ihr Teint erinnerte an eine künstlich gealterte Lederjacke, einschließlich der Falten. Das Schwarz ihrer Haare war so unnatürlich, dass jeglicher Grauschimmer bereits im Ansatz erstickt wurde. Ich sollte sie wiedersehen. Wenigstens verlief der Flug störungsfrei. Zumindest für mich, denn ich verschlief die Zeit, die wir uns in der Luft befanden.

Edinburgh Airport glich einem Wimmelbild in Lebensgröße, nicht nur optisch, sondern vor allem akustisch. Wie sollte ich mich hier zurechtfinden? Glücklicherweise stand eine attraktive junge Dame mit schulterlangem braunem Haar in der Halle und wedelte mit einem Pappschild, auf dem der Name des Reiseveranstalters zu lesen war. Sie stellte sich mir als Reiseleiterin Sabrina vor und führte mich zu einer gemischten Gruppe Wartender. Einige Senioren in klassischer beiger »Rentner-Uniform«, die Raucherin – ich hatte recht behalten, was ihre Körpergröße anging –, ein Ehepaar in den Vierzigern, dessen Heimat unschwer in Köln verortet werden konnte, und eine junge blonde Frau im Alter der Reiseleiterin, die gute Laune ausstrahlte. Wenigstens eine. Denn bevor ich die übrigen Gruppenmitglieder begutachten konnte, drangen zwei aufgeregte weibliche Stimmen mit unverkennbar hessischem Akzent an mein Ohr, die das uns umgebende Gewirr locker übertönten.

»… und da hat die mich einfach zur hinteren Treppe geschickt, obwohl ich vorn einen Platz hatte. Deshalb musste ich mich an allen Passagieren vorbeiquetschen. Einige von denen haben sich lautstark beschwert. Dabei konnte ich doch nichts dafür, denn die hatte mich doch zu falschen Treppe geschickt …«

»Sie hatte gesagt, dass die mit Plätzen ab Reihe 15 hinten einsteigen sollten, und dein Platz war in Reihe 8.«

»Aber die hat gesagt, ich solle hinten einsteigen …«

Entweder war eine von beiden schwerhörig oder schwer von Begriff, denn dieser Dialog wiederholte sich mit ähnlicher Wortwahl mindestens dreimal, bevor die Reiseleiterin mit diesen Beschwerden überschüttet wurde. Mit solchen Menschen hatte ich täglich zu tun, das musste sich im Urlaub doch nicht fortsetzen! Sabrina hatte Glück, wobei ich mir nicht sicher bin, dass das die richtige Formulierung ist. Zumindest wurde ihre Aufmerksamkeit anderweitig beansprucht, als fünf Mitreisende aus Hannover zu ihr stießen, um ihr zu sagen, dass ihr Gepäck fehlte. Sich darum zu kümmern, war natürlich vordringlich. Den beiden Beschwerdeführerinnen war Sabrina damit vorläufig entkommen, weshalb sich beide nunmehr echauffierten, dass ihre Anliegen nicht ernst genommen würden.

Mir verschaffte dies einen ruhigen Augenblick, in dem ich die übrige Reisegruppe in Augenschein nehmen konnte. Mein Blick blieb an einer älteren Dame hängen, die mit ihrem gütigen Lä-

cheln etwas Mütterliches ausstrahlte. Ein halblanger weißer Bob umrahmte ihr Gesicht. Sie nickte mir aufmunternd zu, weshalb ich mich zu ihr gesellte. Sie hieß Bettina und kam aus Düsseldorf. Wir unterhielten uns angeregt, bis unsere Reiseleiterin zum Aufbruch drängte. Sie lotste uns zum wartenden Bus. Sogar für Fußgänger galt Linksverkehr, die Markierungen auf dem Boden duldeten keinen Widerspruch. Als wir eine Straße überquerten, entdeckte ich, dass auch das Ampelmännchen nicht in die gewohnte Richtung lief.

Nachdem ich mein Gepäck dem Busfahrer überantwortet hatte, der es unsanft in den Laderaum bugsierte, enterte ich den Bus. Bettina winkte, sie hatte mir einen Platz freigehalten. Noch dachte ich mir nichts dabei. Ich setzte mich und sah dann durch das Fenster die schwarze Kurzhaarfrisur, die die verkniffenen Gesichtszüge umgab, in die nur Bewegung kam, wenn deren Inhaberin an ihrer Zigarette zog, also vergleichsweise oft. Als ich die hessischen Töne vom Eingang her näherkommen hörte, hoffte ich, beide würden sich woanders hinsetzen. Ich wurde nicht erhört. Die Größere von beiden war ausgesprochen hager, sie trug einen gräulichen Bubikopf über ihrem Rundrücken. Griesgrämig schien mir als Beschreibung ihrer Miene noch zurückhaltend. Die kleinere war eine stämmige Erscheinung, die neben der anderen wirkte, als habe sie der Hageren alles weggegessen. Entweder verfügte sie über genügend Geld, oder sie hatte eine günstige Bezugsquelle für Kosmetika aufgetan – weniger wäre mehr gewesen. Lachfalten vermochte ich auch bei ihr nicht zu entdecken. Beide hatten inzwischen offenbar einen anderen Anlass, sich aufzuregen, von dem ich jedoch nichts mitbekam, weil ich es vorzog, mich mit Bettina zu unterhalten. Die junge Blonde arbeitete sich durch den Gang nach hinten und schenkte mir im Vorbeigehen ein Lächeln. Sie setzte sich zu einer älteren Brünetten, die sie zu kennen schien.

Ein Ehepaar, das ich in den Fünfzigern ansiedelte, durchmaß den Mittelgang. Er trug das graumelierte Haar militärisch korrekt geschnitten und bewegte sich wie ein höherer Offizier beim Appell der Truppe; er sollte sich später als Unternehmensberater outen. Sie folgte ihm mit ihrem dunkelblonden Pferdeschwanz, ihre weichen Gesichtszüge kontrastierten mit seinen scharfen.

Doktor Bartlsperger hob die Augenbrauen.

»Ich beobachte gern Menschen, pflege meine Vorurteile, und die beiden versprachen, interessant zu werden.« Das musste als Erklärung genügen. Er fragte nicht nach, und so fuhr ich fort.

Der Bus fuhr an, reihte sich in den fließenden Verkehr ein und strebte Richtung Innenstadt von Edinburgh. Zunächst sahen alle aus den Fenstern, als plötzlich das Stimmengewirr anschwoll und meinen Plausch mit Bettina unterbrach. Die Reiseleiterin hatte gerade angekündigt, dass der Veranstalter das Programm geändert habe. Die für den fünften Tag angekündigte Besichtigung einer Whisky-Destillerie wurde auf den zweiten Tag vorgezogen.

»Das geht doch nicht. Die erzählt doch etwas Falsches. Hier im Programm steht es ganz anders …«

Ich brauchte mich nicht umzudrehen, um zu sehen, wer sich beschwerte. Es war die Hagere, deren Stimme mich verfolgte. Es war nicht meine Aufgabe, sie auf das Kleingedruckte im Reisevertrag hinzuweisen, dass ich gelesen hatte und das selbstverständlich Programmänderungen erlaubte. Gegen die déformation professionelle war ich machtlos, aber ich hatte Urlaub, deshalb sagte ich nichts. Zumal ich gewiss eine Erwiderung provoziert hätte, auf die ich gut und gern verzichten konnte.

Nachdem uns unsere Zimmer zugeteilt worden waren und wir zu Abend gegessen hatten, machte ich mich auf, Edinburgh noch etwas zu erkunden. Im Foyer des Hotels entdeckte ich die unzufriedenen Hessinnen. Sie diskutierten mit der Hotelangestellten an der Rezeption und riefen nach unserer Reiseleiterin. Das Gesicht der Stämmigen war schon so rot wie ihr Lippenstift, die Hagere stand ihr kaum nach. Sabrina tat mir jetzt schon leid. Unzufriedene gab es immer und überall, aber das war einfach zu viel, zumal am ersten Tag unserer Reise; wie sollte das weitergehen? Mein Puls stieg merklich an, doch ich beherrschte mich und drückte mich an dem personifizierten Unmut vorbei ins Freie. Vor der Tür atmete ich tief die frische Luft ein. Sie roch nach Meer, die Möwen kreischten, die Sonne tauchte alles in ein Licht, das auf Ansichtskarten als kitschig empfunden würde; ich schritt aus und beruhigte mich langsam.

Vorbei an den Steinfassaden der Gebäude mit dem bunten Blumenschmuck marschierte ich die Fountainbridge in die Richtung, die ich mir zuvor von Sabrina hatte beschreiben lassen. Am Grassmarket war ich von der unterschiedlichen Gestaltung der zahlreichen Pubs fasziniert, die dicht an dicht nebeneinanderstanden. Ich bog in die Victoria Street ein und freute mich an den bunten Häuserfronten der Ladengeschäfte, die sich auf dem halbkreisförmigen Weg die Anhöhe hinauf aneinanderreihten. Plötzlich stutzte ich. Vor mir stand, wie aus dem Erdboden gewachsen, Bettina, bedachte mich mit einem wissenden Blick und einem unergründlichen Lächeln. Zu diesem Zeitpunkt machte ich mir noch keine Gedanken darüber, woher sie wusste, wohin ich gehen wollte, und wie sie vor mir dorthin gelangt war. Denn in ihrem Alter ging sie gewiss langsamer als ich, wie sich bei der Steigung erneut zeigte. Gemeinsam schlenderten wir weiter, machten auf ihren Vorschlag bei einem Pub an der Kreuzung der Victoria

Street und der George IV Bridge eine Pause. Den hiesigen Sitten entsprechend ging ich hinein an die Bar, las die Aufschrift der Porzellanschilder an den messingglänzenden Zapfhähnen, bestellte zwei Pint Lagerbier und bezahlte. Ich trug unsere Getränke nach draußen, wo wir den Sonnenschein genossen und die flanierenden Menschen beobachteten, meist Touristen, weniger Schotten, soweit ich dies aufgrund der Äußerlichkeiten beurteilen konnte. Ich konnte mich des Eindrucks nicht erwehren, dass Bettina weniger die Passanten als vielmehr mich beobachtete. Doch offenbar täuschte ich mich, denn in diesem Moment machte sie mich auf weitere Mitglieder unserer Reisegruppe aufmerksam, denen ich bislang wenig Beachtung geschenkt hatte. Der Mann schlich in gebeugter Haltung an uns vorbei. Die beigefarbene Hose berührte bei jedem Schritt der Gesundheitsschuhe fast das Kopfsteinpflaster. Sein Teint war fahl, das Gesicht so zerfurcht, dass es mir schwerfiel, sein Alter zu schätzen. Die scharfen Falten um die Mundwinkel ließen nicht die Vermutung aufkommen, als lache er gern. Sein durch dicke Brillengläser fokussierter Blick duldete keinen Widerspruch. Er schien ein freudloses Dasein zu fristen, und ich bedauerte diejenigen, die mit ihm teilen mussten. In gebührendem Abstand folgte ihm eine Frau, die offenbar die seine war. Sie unterhielt sich mit zwei Jugendlichen in ihrer Begleitung, die ich für ihre Enkel hielt. Von Zeit zu Zeit sah sie zu ihm und vergewisserte sich, dass er ihr Verhalten billigte. Es bestand kein Zweifel, wer in dieser Beziehung das Sagen hatte. Einen entspannten Familienurlaub stellte ich mir anders vor, aber das sollte mich von meiner Erholung nicht abhalten.

Kurz unterbrach ich mich, um nachzuschauen, ob Doktor Bartlsperger mir noch folgte. Kein Zweifel. Er nickte mir aufmunternd zu.

Die Fahrt durch die Highlands mochte reizvoll sein, aber zweieinhalb Stunden Busfahrt, eine Stunde Besichtigung der Whisky-Destillerie und noch einmal zweieinhalb Stunden Rückfahrt im Bus begeisterten mich nicht, zumal ich bisher nur sehr wenig von Edinburgh gesehen hatte. Also schlief ich am nächsten Tag etwas länger, schließlich hatte ich Urlaub. Beim Frühstück stellte ich fest, dass ungefähr ein Drittel unserer Gruppe ebenso gedacht hatte wie ich. Die anderen hatten sich bereits auf den Weg gemacht, als ich mich mit Toast, Butter, Marmelade und Kaffee für mein Vorhaben stärkte. Gut, Rührei und Speck sowie Obstsalat mussten auch noch sein, aber um Würstchen und Bohnen oder gar Porridge machte ich einen großen Bogen. Alle Eigenheiten des Gastlandes musste ich nicht kennenlernen.

Gemächlich schlenderte ich später Fountainbrigde entlang. Bei der Financial Conduct Authority bog ich ab, folgte einer kleinen Gasse zu einem Kanal, in dem mehrere bunte Hausboote vor Anker lagen. Die Meeresluft schien mit Lebenskraft erfüllt, wovon das Kreischen der Möwen Zeugnis ablegte. Die Menschen auf beiden Seiten des Kanals hatten offensichtlich Zeit. Keine Hast. Entschleunigung. Das war es, was ich suchte, was ich mir von meinem Urlaub erhofft hatte. Es war wohltuend nach der Anspannung der letzten Wochen, wenn nicht gar Monate.

Doktor Bartlsperger nickte mit Nachdruck. Wer, wenn nicht er, wusste, wovon ich sprach.

Bei der Leamington Lift Bridge wechselte ich auf die andere Seite und ging zurück. An einer Stelle glaubte ich, Bettina gesehen zu haben, aber das konnte nicht sein, denn sie wollte zur Destillerie. Ein Gefühl der Unsicherheit beschlich mich. Während ich im Vorübergehen Bauwerke und Denkmale – auf jedem größeren Platz schien eins zu stehen, um an die heftige Gegenwehr der Schotten gegen das Vordringen der Engländer zu erinnern – bewunderte, drehte ich mich ab und zu unauffällig um, um nachzusehen, ob Bettina nicht doch in der Nähe war. Von Grassmarket bog ich dieses Mal in die Candlemaker Row ab und gelangte zum Greyfriars Kirkyard. Ein mulmiges Gefühl beschlich mich, denn ich konnte zwar die alten Grabmale sehen, die Inschriften teilweise entziffern, aber die Gräber wiesen keine Begrenzungen auf, sodass ich mir nie sicher war, ob ich nicht gerade über eine letzte Ruhestätte schritt. Hier hatte Joanne K. Rowling die Namen ihrer Romanfiguren entlehnt. Ich suchte und fand Grabsteine mit den Namen Potter, McGonagall und Moodie. Gerade als ich das Grab der Riddell-Familie entdeckte, glaubte ich, hinter einem größeren Monument einen halblangen weißen Bob verschwinden zu sehen, aber das war gewiss Einbildung.

Schließlich gelangte ich zum Palace of Holyroodhouse, der alles andere als bescheidenen Bleibe der schottischen Könige bis hin zu Maria Stuart; jetzt diente der Palast dem derzeitigen Herrscherhaus für offizielle Anlässe. Die Sonne schien von einem azurblauen wolkenlosen Himmel, vor dem die Anlage Ehrfurcht einflößend wirkte. Offenbar erging es auch allen anderen Besuchern so, denn sie bewegten sich fast andächtig und unterhielten sich – wenn überhaupt – flüsternd. Der Audioguide führte mit Informationen in homöopathischen Dosen durch die zahlreichen Räume des Schlosses.

Seltsam berührte mich Mary's Bedroom, und zwar weniger, weil die schwangere Maria Stuart darin von ihrem eifersüchtigen Gemahl, Lord Darnley, gefangen gehalten worden war, während seine Männer ihren Günstling David Rizzio im Nebenzimmer ermordeten. Eine Gedenktafel markierte die Stelle, an der er elend verblutet war. Vor meinem inneren Auge sah ich, wie sich eine Blutlache auf dem Boden ausbreitete. Als ich den Kopf hob, fiel mein Blick auf ein Portrait von Maria Stuart. Plötzlich verschwamm deren Gesicht, an seine Stelle trat das von Bettina. Sie nickte mir mit einem Blick zu, als wollte sie sagen, sie habe verstanden. Ich kniff die Augen zu und schüttelte heftig den Kopf, um diese Vorstellung zu verscheuchen. Die übrigen Besucher, die eben noch in meiner unmittelbaren Nähe gestanden hatten, rückten von mir ab. Eine Frau mittleren Alters mit braunem Dutt trat an mich heran; durch ihre weiße Bluse mit Krawatte unter einem blauen Pullover mit V-Ausschnitt und grün-blau gemustertem Tartan war sie unschwer dem Aufsichtspersonal zuzuordnen.

»May I help you, Sir?« Ich wandte mich ihr zu, um zu antworten, doch auch ihre Gesichtszüge verformten sich, bis mich erneut Bettinas mütterliche Miene mit einem gutmütigen Lächeln bedachte. Mein Aufschrei ließ alle Umstehenden herumfahren, was ich allerdings nur noch aus den Augenwinkeln wahrnahm, denn ich stürmte aus dem Raum und hastete die Treppe hinunter nach draußen. Im Freien stützte ich mich am Torbogen dessen ab, was von der Abtei übriggeblieben war. Ich musste wohl einen fürchterlichen Anblick geboten haben, denn nun eilte ein junger Mann in der Uniform der Aufsicht auf mich zu und bot mir Hilfe an. Obwohl ich ihn genauer und länger betrachtete, als dies der Anstand zuließ, veränderte sich sein Gesicht nicht. Ich war erleichtert, er schien – im Gegenteil – zu erschaudern, denn er wich langsam vor mir zurück. Vielleicht erweckte ich den Eindruck, nicht Herr meiner Sinne zu sein, aber das war mir gleich. Ich richtete mich auf, atmete tief durch und spazierte mit zunehmend besserer Laune durch die großzügigen und – typisch britisch – gepflegten Parkanlagen, die das Schloss umgaben.

Doktor Bartlsperger räusperte sich wie stets, wenn er mich unterbrechen wollte. Er beugte sich nach vorn, um seiner Frage Nachdruck zu verleihen. »Was hat das mit Ihnen gemacht?«, unterbrach er mich.

Ich erwiderte seinen Blick und zuckte die Schultern. »Darüber habe ich noch gar nicht nachgedacht.«

Er schien nicht überzeugt, lehnte sich wieder zurück und ließ mich mit meinem Bericht fortfahren.

Vom Park aus sah ich Arthur's Seat. Ich stellte mir vor, wie toll die Aussicht von dort oben sein musste, und beschloss, noch am Abend dort hinaufzusteigen, wenn die Zeit reichen sollte.

Zunächst aber beeilte ich mich, zum gemeinsamen Mittagessen mit meiner Reisegruppe zu Biddy Mulligans am Grassmarket zu gelangen. Die meisten waren schon dort. An der Bar bestellte ich mir einen Cider, frisch gezapft vom Fass, den ich auch gleich bezahlte. Ich nahm einen großen Schluck und suchte mir einen Platz an einem der Tische. Aus einer anderen Sitzecke strahlte mich Bettina an. Schnell setzte ich mich und drängte mich in das Tischgespräch hinein. Trotz des Stimmengewirrs in dem Pub wehten vom Nachbartisch verständliche Sprachfetzen herüber.

»Unmöglich … was erzählt die wieder … das ist doch alles falsch … im Programm steht es ganz anders … die lange Busfahrt … eine einzige Hetze durch die Destillerie … nur einen kleinen Schluck Whisky zum Probieren … das hat sich ja gar nicht gelohnt …« Eine Beschwerde reihte sich an die andere; unnötig zu erwähnen, dass sie mit hessischem Akzent und wahrer Inbrunst vorgetragen wurden. Es war das Letzte, was ich im Urlaub gebrauchen konnte. Hoffentlich waren sie wenigsten beim Essen still!

Diese Hoffnung sollte sich nicht erfüllen. Auch das Essen gab ihnen offenbar Anlass, sich zu beklagen. Das schottische Natio-

nalgericht Haggis ist nun einmal nicht jedermanns Sache. Feingehackte Lunge, Herz und Leber eines Schafes, vermengt mit Hafermehl und Zwiebeln und in einen Schafsmagen gestopft, mochte zwar aussehen wie eine Wurst, aber …

»Schmeckt wie ›tote Oma‹!«, bemerkte meine Tischnachbarin, eine freundliche Erzgebirglerin in meinem Alter; meinen fragenden Blick beantwortete sie: »Das haben wir im Osten immer so gesagt.« Aus dem Augenwinkel sah ich Bettina, die bei dem Wort von der toten Oma unübersehbar nickte, wobei sie den Kopf leicht schräg hielt und so auf die Hessinnen zu deuten schien. Mir wurde flau im Magen, obwohl ich ein anderes Menü gewählt hatte. Aber wenigstens drehte sich an meinem Tisch das Gespräch nunmehr darum, wer woher kam. Das lenkte mich ab.

Nach dem Essen fuhren wir mit dem Bus zu Edinburgh Castle und drängten mit anderen Reisegruppen auf den Innenhof der Schlossruine. Vor dem Gebäude, in dem die schottischen Kronjuwelen aufbewahrt wurden und sich der Stone of Destiny befindet, hatte sich in kürzester Zeit eine Schlange gebildet, die sich zwar in der britischen Königsdisziplin übte, aber so lang war, dass sich das zur Verfügung stehende Zeitfenster schließen würde, bevor man über die Schwelle gelangte. Ich war mir sicher, dass hierüber später wieder mit Inbrunst Klagen geführt würden, doch ich wollte jetzt keinen Gedanken daran verschwenden. Vielmehr sah ich mich um, entdeckte Bettina und ging mit ihr auf Erkundungstour, schließlich gab es auch genügend anderes zu sehen; und dort standen keine Menschentrauben. Nach der zeitlich knapp bemessenen Besichtigung von Edinburgh Castle –

Ich nahm ein Heben der Augenbrauen meines Gegenübers wahr.

»Nein, ich beklage mich nicht, ich nicht!«

– stiegen wir in unseren Bus und genossen eine Stadtrundfahrt, zumindest die meisten und ich genossen sie. John, unser Busfahrer, ließ einige von uns danach am Grassmarket aussteigen, während die übrigen – darunter Bettina – ins Hotel fuhren. Die junge Blondine – sie hieß Angelika und war Lehrerin, aber sie war nett, wirklich nett –, also sie, ihre brünette Freundin, der Unternehmensberater samt Frau und meine Wenigkeit begaben uns in »The last drop«. Die Galgenstricke als Dekoration irritierten anfangs, bis wir erfuhren, dass sich vor dem Gebäude früher eine Hinrichtungsstätte befunden hatte und die Delinquenten hier einen letzten Tropfen Whiskey bekommen hatten. Beim Anblick der Schlingen erschien Bettinas Gesicht vor meinem inneren Auge, lächelte und nickte mir mit einem wissenden Blick zu; ich schüttelte mich heftig. Ruckartig wandten sich die anderen mir zu, eine unausgesprochene Frage lag auf ihren Gesichtszügen.

»Der Cider hier ist aber sauer«, bemerkte ich rasch.

»So? Finde ich gar nicht.«, erwiderte Angelika. »Ich mag ihn.«

Eigentlich mochte ich ihn auch, doch ich hatte eine halbwegs nachvollziehbare Erklärung für mein Verhalten gebraucht.

Es war zwar eine nette Runde, aber ich brauchte Abstand. Vor dem Pub trennten wir uns. Während die anderen zum Hotel zurückgingen, brach ich zu Arthur's Seat auf. Mein Weg führte mich zunächst zurück zu Holyrood und von dort auf den rund zweihundertfünfzig Meter hohen felsigen Gipfel. Anfangs schlängelte sich der gut befestigte Pfad sanft empor, um dann einem mehr oder minder ausgetretenen Untergrund aus Schotter und Erde zu weichen. Der breite Trampelpfad wurde von Buschwerk und den überall anzutreffenden lila Blüten des schmalblättrigen Weidenröschens gesäumt. Die Zahl der Wanderer, die mir begegneten oder in dieselbe Richtung gingen wie ich, war überschaubar. Zumeist Touristen waren unter ihnen, aber auch einige Pärchen, *die wie Einheimische wirkten. Vor allem Letztere wollten gewiss von oben den Sonnenuntergang genießen. Doch zuvor musste der Aufstieg bewältigt werden. Je höher ich kam, umso weniger war ein Weg eindeutig auszumachen. Trial-and-Error schien das Prinzip zu sein, denn so mancher schmale Trampelpfad endete an einer steilen Felswand oder an einem nicht weniger steilen Abhang. Dass sich Schotter und glatte Felsen abwechselten, machte es nicht leichter. Beim Anblick derjenigen, die in Flipflops nach oben strebten, schüttelte ich unwillkürlich den Kopf. Ganz oben musste manche Hürde auf allen vieren überwunden werden. Einerseits tröstete mich, dass sich auch Jugendliche schwitzend und schnaufend vor Anstrengung nach oben mühten. Andererseits demoralisierte mich, dass Jogger locker zur Spitze und von dort wieder ins Tal trabten. Oben angekommen, entschädigte die phantastische Aussicht von den Forth-Brücken im Westen bis zur kegelförmigen Erhebung des North Berwick Law im Osten für die Anstrengung. Ich setzte mich auf einen der Steine und sog das Panorama in mich auf. Eine frische Brise wehte den Meeresduft heran, Möwen umkreisten alle, die sich hier oben eingefunden hatten, in der Hoffnung, es werde etwas Essbares für sie abfallen. Eine ließ sich auf einem Stein vor mir nieder. Sie war riesig, hatte die Größe eines Rauhaardackels, nur mit Flügeln. Auch der Schnabel nötigte mir Respekt ab. Nachdem sie sich nicht mehr für mich interessierte, genoss ich die Stille um mich herum, denn das Gemurmel der anderen nahm ich kaum wahr. Das änderte sich mit Eintritt der Dämmerung, als sich mit zunehmender Lautstärke Bollywood über dem Gipfel ausbreitete. Fünf junge Männer, die zumindest optisch die Herkunft mit den Hindi-Filmen zu teilen schienen, hatten sich in der Nähe versammelt und lauschten der Musik, die sie mitgebracht hatten. Ich bewunderte die Toleranz der Schotten, mir ging die Beschallung nach einer gewissen Zeit gegen den Strich. Doch ich brauchte nichts zu sagen, eine mir mittlerweile vertraute quengelnde Stimme wies sie in Schulenglisch mit hessischem Akzent zurecht. Die nachfolgende Diskussion war störender als die Musik, noch schlimmer aber war, dass das Motzen auch kein Ende nahm, nachdem die Musikliebhaber entnervt aufgegeben und den Weg ins Tal angetreten hatten. Ich bemühte mich, redlich zu genießen, wie die rötliche Sonne im Meer versank und Edinburgh mit einem Lichtschein überzog, der die Stadt unwirklich erscheinen ließ. Wie gesagt, ich bemühte mich. Denn das Meckern hatte sich zwar abgeschwächt, aber noch immer nicht aufgehört. Ich gebe zu, ich führe mitunter auch Selbstgespräche, denn manchmal brauche ich eine Expertenmeinung. Aber allein vor sich hin zu bruddeln, in einer Lautstärke, gegen die die Bollywood-Beschallung wie eine kleine Nachtmusik wirkte, überstieg entschieden das erträgliche Maß. Ich hatte Urlaub; ich war fest entschlossen, ihn mir durch solche Menschen nicht verderben zu lassen.*

Doktor Bartlsperger bestärkte mich in meinem Vorsatz mit einem nachdrücklichen Nicken. Das vermochte im Nachhinein zwar nichts zu ändern, diente mir aber als Bestätigung. So fuhr ich fort.

Wie ich am Vorabend in der Dunkelheit in das Hotel zurückgefunden habe, weiß ich nicht mehr. Es muss mir aber gelungen sein, sonst hätte ich am nächsten Morgen nicht in meinem Zimmer aufwachen können. Allerdings konnte ich mir nicht erklären, weshalb meine Hose und meine Jacke so schmutzig waren, als sei der Staub des Schotters beim Abstieg regelrecht in den Stoff hineingerieben worden; von meinen Schuhen will ich gar nicht reden. Außerdem wies ein Ärmel einen kleinen Riss auf. Damit wollte ich mich aber nicht belasten. An der Rezeption lieh ich mir eine Kleiderbürste aus, auf dem Rückweg nutzte ich den Schuhputzautomaten, und in kurzer Zeit waren alle Spuren beseitigt. Danach eilte ich zum Frühstück, ich genoss es in bester Laune. Bettina saß schon im Frühstücksraum, winkte mich zu sich und zeigte mir beidhändig »Daumen hoch!« Verständnislos sah ich sie an, doch sie trug nur ein unergründliches Lächeln zur Schau. Bevor ich sie jedoch um eine Erklärung bitten konnte, fragte mich Angelika, ob sie und ihre Freundin sich zu mir setzen dürften. Selbstverständlich bejahte ich und wollte mich durch einen Blick Bettinas Zustimmung versichern, doch als ich mich umdrehte, war sie nicht mehr zu sehen. Die beiden anderen schienen sich nicht über ihr plötzliches Verschwinden zu wundern, so zuckte ich die Schultern und unterhielt mich mit den Neuankömmlingen, die ihre Aufregung kaum verbergen konnten. Sie hatten das Gerücht vernommen, dass einer unserer Mitreisenden etwas geschehen sein sollte, mehr wussten sie aber nicht, deshalb ergingen sie sich in Spekulationen. Die hagere Hessin wurde vermisst. Zuletzt hatte sie am Abend verkündet, noch spazieren gehen zu wollen. Danach hatte sie niemand mehr gesehen.

Später stiegen wir mit unseren Koffern in den Bus, um das nächste Ziel unserer Rundreise anzusteuern. Von der Fahrt durch die malerische Landschaft bekam ich wenig mit. Kaum war der Bus angefahren, schlief ich ein. Offenbar hatte mich meine abendliche Wanderung doch zu sehr angestrengt, oder die Nacht war schlicht zu kurz gewesen. Dass wir an der dreißig Meter hohen Skulptur der beiden silbern glänzenden Kelpie-Köpfe vorbeigefahren waren, erzählte Angelika mir später und zeigte mir einige Bilder, die sie durch das Fenster mit der Kamera ihres Smartphones aufgenommen hatte. Ich hatte nichts mitbekommen. Das war wahrscheinlich ganz gut so; mystische Wasserpferde, die sich in

Frauen verwandeln können, um Menschen ins Wasser zu locken und sie zu ertränken, hätten mich – wie soll ich sagen – vielleicht irritiert.

Mein Zögern hatte Doktor Bartlsperger von seinen Notizen aufschauen lassen. Er musterte mich mit eindringlichem Blick. Er wusste, was ich meinte. So setzte ich meine Schilderung fort.

Jedenfalls wachte ich erst auf, als wir bei Stirling Castle anhielten. Die Burg aus dem 16. Jahrhundert gewährte uns einen fantastischen Blick auf die umgebenden Schlachtfelder der Unabhängigkeitskriege. Die gesamte Anlage war durchaus dazu angetan, uns in die entsprechende Stimmung zu versetzen. Vor meinem inneren Auge sah ich die englischen Truppen und die schottischen Kämpfer aufeinandertreffen, fast glaubte ich, das Getümmel zu hören. Ich gab mich dieser Vorstellung hin, zumal ich zum ersten Mal seit der Ankunft in Edinburgh kein Gemotze hörte. Es war so wohltuend. Das war Urlaub!

Nach der Besichtigung des beschaulichen Castle brachte uns der Bus zum Loch Lomond. Mit einem dieser weißen Ausflugsboote, wie man sie etwa auch vom Bodensee kennt, unternahmen wir eine Fahrt über den See, der mit neununddreißig Kilometern Länge und acht Kilometern Breite das größte Binnengewässer Großbritanniens ist. Dass er mit diesen Abmessungen natürlich nicht an das »Schwäbische Meer« heranreicht, weiß man; mit dieser Art Allgemeinbildung müssen nicht alle in Hörweite behelligt werden, schon gar nicht von der schwarzhaarigen Raucherin mit der Reibeisenstimme. Auf weitere Wissensvermittlung durch sie konnte ich getrost verzichten. Auch Bettina schüttelte missbilligend den Kopf. Wir stiegen die steile Treppe empor und setzten uns an den äußersten Rand des Sonnendecks der »Lomond Queen«, die die Wellen mit einem ständigen Heben und Senken durchpflügte. Dies und die sanft ansteigenden, bis zu ihren Gipfeln grün bewachsenen Berge strahlten eine Erhabenheit aus, die die aufgedrängten Belehrungen der Bedeutungslosigkeit überantworteten und dazu beitrugen, dass ich mich beruhigen konnte. Unterwegs servierte eine rundliche Schottin im Outfit der »Cruise Loch Lomond« Tea and Scones, die willkommene Stärkung trug ihren Teil zu meiner Entspannung bei. Nur mit halbem Ohr hörte ich Gemurmel, dass die hessische Nörglerin offenbar am Vorabend beim Abstieg von Arthur's Seat einen Abhang hinabgestürzt und zu Tode gekommen sei. Das hätten die Ermittlungen der Polizei ergeben. Damit bestätigte sich also das Gerücht, das durch unsere Reisegruppe gewabert war. Ich atmete tief durch, denn dieser für die Betroffene gewiss traurige Umstand trug wesentlich zur Ruhe bei. Und zu meiner Erholung. Denn ich hatte Urlaub, den ich mir nicht vermiesen lassen wollte.

Entspannt genoss ich die nachfolgende Busfahrt nach Fort William. Das Hotel lag etwas außerhalb. Für einen Spaziergang in den Ort reichte die Zeit vor dem Abendessen nicht mehr, so streifte ich am Ufer des Loch Linnhe entlang. Bei meiner Rückkehr vernahm ich bereits aus einiger Entfernung ein Rasseln, das einem langen Leben voller Zigaretten geschuldet war. Ich bog um die Ecke des Gebäudes, da sah ich sie auch schon. Die Zigarette zwischen nikotingelben Fingern, trat sie missmutig von einem Fuß auf den anderen. Es war zu spät, sie hatte mich entdeckt.

»Dass man in Hotels und Restaurants nicht mehr rauchen darf, kann ich ja noch verstehen. Aber so eine Diskriminierung habe ich noch nicht erlebt. Sehen Sie sich diese Raucherecke an! Das ist eine Zumutung. Ein überquellender Aschenbecher an der Wand, der Boden voller Zigarettenstummel. Lieblos, einfach lieblos ist das.«

Mit jedem Wort, das sie hervorstieß, hüllte sie mich in eine unsichtbare Wolke. Ich rauche nicht, und zwar aus gutem Grund. Ich war versucht, die Luft anzuhalten. Dennoch wollte ich ihr das versöhnliche Angebot unterbreiten, sie könne doch auf die nahe Grünfläche gehen, als ich dort Bewegung bemerkte.

Unsere Reisegruppe sammelte sich dort halbkreisförmig um einen Mittfünfziger in einem dunklen rot-grün gemusterten Tartan mit zartem gelbem Überkaro, blaugrauem Jackett über einer Weste in derselben Farbe, hellblauem Hemd und dunkelroter Krawatte. Das Interessanteste an seiner Erscheinung war das Messer, das im rechten Kniestrumpf steckte. Unterstützt durch die Übersetzung unserer Reiseleiterin erläuterte er uns einen Klassiker schottischer Tradition: Er spielte Dudelsack, zunächst den großen für Auftritte im Freien, meist militärischer Art, gedachten, dann den kleineren für das Musizieren im Inneren, der nicht mit dem Mund geblasen, sondern mit einem kleinen, am Arm befestigten Blasebalg betätigt wird. Hinter ihm stand Bettina; ich konnte sie deutlich sehen und wunderte mich, denn er war mindestens einen Kopf größer als sie und hätte sie normalerweise vollständig verdeckt. Ich nahm mir vor, sie bei dem nachfolgenden schottischen Dinner danach zu fragen, wo sie sich seit unserer Ankunft in Fort William versteckt hatte. Doch zunächst ging ich auf Distanz zu den Ausdünstungen der Raucherin.

Ich wechselte die Stellung in meinem Sessel. Doktor Bartlsperger saß unverändert, nahezu unbeweglich in dem seinen, nur seine rechte Hand huschte geräuschlos über das Papier.

Der nächste Tag versprach, interessant zu werden, wir fuhren zur Isle of Skye. Im Bus hatte ich Bettina den Fensterplatz überlassen und mich neben sie gesetzt. Gespannt harrte ich der Dinge, die da kommen sollten. Zunächst aber vernahm ich Gemaule aus dem hinteren Drittel: »Auf diesem Platz saß ich aber gestern.« Das Reibeisen.

»Das mag sein, aber jetzt sitze ich hier.«

»Gestern auf der Herfahrt saß ich hier.«

»Dann hätten Sie vielleicht Ihr Handtuch auf den Sitz legen sollen.«

»Unverschämtheit! Machen Sie sich gefälligst nicht lustig über mich. Das ist mein Platz.«

»Ich kann hier nirgends ein Schild mit Ihrem Namen entdecken.«

»Frechheit! Ich werde mich beschweren.«

Ich hatte nicht hinschauen müssen, um zumindest eine Beteiligte an dieser Auseinandersetzung zu identifizieren. Hatte ich nach der stimmlichen Kostprobe noch Zweifel gehabt, so wurden sie durch die Wolke kalten Rauchs, die an mir vorbeistapfte, restlos ausgeräumt. Ihren Unmut lud sie nun bei unserer Reiseleiterin ab. Sabrina bat sie nach draußen, so konnte ich zwar nichts verstehen, aber Gestik und Mimik waren überdeutlich. Sabrina tat mir leid, sie musste unter einigen Teilnehmern unserer Reisegruppe gewiss noch mehr leiden als ich. Nachdem beide wieder eingestiegen waren, griff sie zum Mikrofon:

»Meine Damen und Herren, eben ist eine Bitte an mich herangetragen worden. Deshalb schlage ich vor, dass wir unsere Plätze im Bus zumindest an dem jeweiligen Tag beibehalten und nicht nach jedem Halt wechseln.«

Das Gesicht unter den schwarz gefärbten Haaren hatte die Farbe reifer Auberginen angenommen, was aber wohl kaum auf den Zigarettenkonsum zurückzuführen war. Das Schnauben, das das Rauchen begleitete, verhieß nichts Gutes; es galt offensichtlich dem dreisten Platzbesetzer. Die damit verbundenen Ausdüns-

tungen beleidigten meinen Geruchssinn. Ersteres war nicht mein Problem, Letzteres schon. Ich wollte damit nicht belästigt werden. Ich hatte Urlaub.

Die sanft geschwungenen grünen Hügel der Highlands, die am Fenster vorbeizogen, lenkten mich ab und versöhnten mich ein wenig. Ich war Bettina dankbar, dass sie mit mir den Platz tauschte. An einer besonders malerischen Stelle hielten wir an. Beim Aussteigen sah ich, dass John heute einen grün-blau gemusterten Tartan trug, ein hellblaues Kurzarmhemd, eine blaue Krawatte und in den weißen Kniestrümpfen das traditionelle Messer. Alles passte zu seiner stämmigen Figur und seinen kurzen weißen Haaren. Ein richtiger »Bilderbuch-Schotte«.

Die Sonne schien von einem blauen Himmel mit bizarren Wolkenformationen. Auf diese Weise verstärkte das Licht den mystischen Anblick des Glenfinnan Viaducts; die langgezogene Brücke erstreckte sich mit ihren zahlreichen Bögen in einer sanften Kurve über das Tal. Unwillkürlich wartete jeder auf den Hogwarts Express. Denn der echte Jacocite Steam Train erreichte das Viadukt täglich gegen elf und fünfzehn Uhr. Ich musste mich korrigieren, die Raucherin erwartete nichts dergleichen. Ich dachte an Harry Potter und die »maulende Myrte«. Um dem Nörgeln und dem Nikotin zu entfliehen, entfernte ich mich von der Gruppe. Zwischen Buschwerk und Farnen stehend, zählte ich die einundzwanzig Brückenpfeiler. Mehrmals. Als das nicht half, eilte ich außer Hörweite der Nörglerin zum nahen Glenfinnan Monument am Ufer des Loch Shiel, doch es verfolgte mich, langsam, aber stetig. Harry konnte die Mädchentoilette verlassen, um Ruhe zu haben. Ich musste in demselben Bus mit ihr fahren. Und dass ich sie noch einmal brauchen würde wie Harry Myrte, bezweifelte ich.

Im Hafen von Mallaig entfernte sie sich von mir, um sich in die Schlange vor der Damentoilette einzureihen. Maulend, wie nicht anders zu erwarten. Mit Bettina ging ich am Kai entlang. Kräftiger Wind wehte vom Nordatlantik her. Salzige Meeresluft umgab uns und vertrieb alle unangenehmen Gerüche. Über uns kreisten die Möwen. Hier bestiegen wir die Fähre zur Isle of Skye. Auf den oberen Decks drängten sich die Passagiere und hielten Ausschau nach Delfinen und Papageientauchern, offenbar war den Tieren jedoch nicht danach, als Touristenattraktion herzuhalten.

Die Landschaft ähnelte nun mehr den Shetlands, bei oberflächlicher Betrachtung sogar den Färöer. Mit flachem Buschwerk begrünte Flächen und Steinfelder wechselten einander ab, von Zeit zu Zeit durchschnitten von einem Wasserlauf. Bei Sligachan am Ende des gleichnamigen Lochs hielten wir an der alten Steinbrücke, die in drei Bögen den River Sligachan überspannt. Mit den schroffen Bergen im Hintergrund bildete sie ein Fotomotiv, das kein Katalog eines Reiseveranstalters schöner hätte wiedergeben können. Und doch war es real. Ebenso wie die nahe Collie and MacKenzie Statue. Sabrina hatte uns die Geschichte dieses Denkmals beschrieben, aber ich vergaß sie wieder, wahrscheinlich, weil ihre Worte durch heisere Bemerkungen über die Einöde und die alten Steine übertönt worden waren. Ich bekam Puls.

Ich hätte mir Stöpsel in die Ohren stecken können, aber dann hätte ich auch die Erläuterungen unserer Reiseleiterin nicht gehört. So köchelte ich vor mich hin. Unser nächster Halt war Portree, ein kleines Hafenstädtchen. Im Hafen wechselten die bunten Hausfassaden einander ab: pink, grün, hellblau. Waren die Häuserfronten - wie in den höher gelegenen Ortsteilen – nicht bunt, so waren sie üppig mit Blumen geschmückt. Die salzige Meeresluft und die aufdringlichen Möwen vervollständigten die Postkartenidylle. Während etliche der Mitreisenden Restaurants aufsuchten – etwa die umgenutzte Kirche fast in der Ortsmitte –, holten

Bettina und ich uns nur Sandwiches, um durch das Städtchen bummeln zu können. In einem der Geschäfte bildete sich rasch eine Schlange vor der Kasse. Der Kunde hatte zwei Einkaufskörbe mit Kleinteilen vollgepackt, die einzeln von Hand eingescannt werden mussten. Der Kassierer wirkte tiefenentspannt, auch die hinter mir wartenden Kunden übten sich in Entschleunigung. Als eine zweite Kasse geöffnet wurde, erwartete ich, dass – wie in Deutschland – alle nun dorthin drängen würden. Weit gefehlt: Ein junger Mann hinter mir tippte mich an und bedeutete mir, ich möge zu dieser Kasse gehen, denn schließlich sei ich vor allen anderen dort gewesen. Ob dies der schottischen Höflichkeit im Allgemeinen entsprach oder eine Geste der Gastfreundschaft gegenüber dem als Touristen zweifellos erkennbaren Ausländer darstellte, war einerlei. Dankbar nahm ich das Angebot an. Bettina war ebenso beeindruckt wie ich.

Andere hatten wohl weniger Glück: »Stundenlang musste ich anstehen. Für Fish & Fries. Und die trieften vor Fett. Und erst die Preise …« Ich strengte mich an, es zu überhören. Mit allenfalls mäßigem Erfolg. Die Reibeisenstimme durchdrang lässig meine mentale Abwehr.

Auf dem Rückweg machten wir an Eilean Donan Castle halt. Die Burg befindet sich auf einer kleinen Insel am Loch Duich, bevor sich der Loch Long mit ihm vereint; die Insel ist durch eine steinerne Brücke mit dem Festland verbunden. Diese Burg diente als Sitz des Clans MacLeod in »Highlander – es kann nur einen geben« mit Christopher Lambert und Sean Connery. Im Film bestand die ultimative Lösung im Enthaupten des Gegners. Das hatte einen gewissen Charme. Ich weiß nicht, wie lange ich dort stand und die Burg betrachtete. Plötzlich spürte ich eine Berührung am Arm und wandte mich zur Seite. Bettina stand neben mir. Wie immer lächelte sie gütig, aber sie schüttelte lang-

sam und mit Nachdruck den Kopf, als habe sie meine Gedanken lesen können.

Auf dem Landweg gelangten wir zurück nach Fort William in unser Hotel am Ufer des Loch Linnhe. Vor dem Abendessen war noch genug Zeit für ein Pint Cider vom Fass, frisch gezapft; daran konnte ich mich gewöhnen. Zum Essen ein zweites und danach noch ein drittes, das hob meine Stimmung, machte mich aber leichtsinnig. Als unsere Reiseleiterin mit fünf Kilts mit blaugrünem Muster auf klassisch rotem Untergrund anrückte und Freiwillige suchte, ließ ich mich breitschlagen. Sabrina mühte sich redlich, uns fünf Männern aus der Reisegruppe einige Grundschritte eines schottischen Tanzes beizubringen. Live-Musik gab es an diesem Abend auch. Unsere Aufführung soll sehenswert gewesen sein, wie mir später gesagt wurde. Ich hatte bei den Soli der anderen nicht gut aufgepasst, sondern unser Publikum beobachtet. Die Raucherin verließ von Zeit zu Zeit den Saal, um etwas gegen ihre Gesundheit zu tun. Ob mein Verhalten gesünder war, weiß ich nicht; darauf achtete ich nicht, sondern gönnte mir noch ein Pint Cider. Es sollte wohl nicht mein letztes sein.

Wie ich in mein Zimmer gelangte, weiß ich nicht mehr. Am nächsten Morgen wachte ich früh auf. Die Sonne schien in mein Zimmer, die Möwen kreischten. Dem Lärm nach zu urteilen, schienen es viele zu sein. Ich ging zum Fenster, öffnete es und sah in einiger Entfernung sieben oder acht Möwen über einer Stelle am Ufer des Lochs kreisen. Um besser sehen zu können, hielt ich mich an der Fensterbank fest und lehnte mich weit hinaus. Meine Sicht wurde nicht besser, aber meine Hand wurde nass. Ich schrak zurück und trat in eine Wasserlache. Der Kilt, den ich am Abend getragen und auf das Fensterbrett gelegt hatte, war triefnass. Das war mir ein Rätsel, denn entgegen allen Vorurtei-

len hatten wir noch nicht einen Tag mit Regen erlebt, seit wir in Schottland waren. Selbst wenn es in der Nacht geregnet hätte, ich konnte mich nicht erinnern, das Hotel noch einmal verlassen zu haben.

Ich beeilte mich, zum Frühstück zu kommen. In einem Moment, in dem ich mich unbeobachtet glaubte, steckte ich den nassen Kilt zu den anderen in die Tasche, die an der Rezeption bereitstand. Während ich bei Toast, Rührei und Speck saß und mich mit anderen unterhielt, sah ich, dass auf dem Parkplatz ein Polizei- und ein Rettungswagen standen. Zwei Uniformierte unterhielten sich mit dem Hotelmanager am Ufer; der Hotelier schien – seiner Mimik nach zu urteilen – sehr aufgebracht. Bettina, Angelika und deren Freundin kamen etwas später in den Saal. Während Bettina sich offensichtlich gut gelaunt mit einer Tasse Tee zu mir setzte, trat Angelika ans Fenster und zeigte hinaus.

»Was ist denn da los? Polizei?«

Das letzte Wort war noch nicht verklungen, schon redeten alle aufgeregt durcheinander und drängten ans Fenster, um hinauszusehen. Aber ich hatte nicht vor, mir den Appetit verderben zu lassen. Normalerweise esse ich nicht viel zum Frühstück, aber an diesem Morgen hatte ich Hunger, als hätte ich in der Nacht Schwerstarbeit verrichtet.

Frisch gestärkt, packte ich meine Sachen zusammen und trug sie zum Bus. An diesem Tag sollte es weitergehen nach Loch Ness und Urquhart Castle und von dort nach Aberdeen. Kaum hatte ich jedoch um fünf vor acht den Bus bestiegen, ermahnte mich eine strenge Stimme, die zum Feldwebel einer Ausbildungskompanie gepasst hätte oder nach meiner Vorstellung zu einem früheren Blockwart: »Sieben Uhr fünfundvierzig sollten wir die Koffer zum Bus bringen.«

Sein auf mich gerichteter Fokus wurde durch die Brillengläser verstärkt, die aus dem Vollen gefräst zu sein schienen; sie erinnerten mich an Glasbausteine.

Ich hielt seinem stechenden Blick stand. »Nein, John hatte darum gebeten, sie nicht vor sieben Uhr fünfundvierzig herunterzubringen.«

Eine Erwiderung blieb dem Aufpasser im Hals stecken, weil mir mindestens sechs Mitreisende, die in der Nähe saßen, lautstark zustimmten. Der selbst ernannte Erzieher schien sich seit Reisebeginn durch ähnliche Bemerkungen beliebt gemacht zu haben. Mein Freund würde er ebenfalls nicht werden. Seine Frau sah mich an, hob die Schultern und schien am liebsten im Boden versinken zu wollen. Die beiden Teenager in der Reihe hinter ihnen schauten demonstrativ aus dem Fenster. Ich ging auf größtmögliche Distanz weiter nach hinten, wo mir Bettina einen Platz freigehalten hatte. Sie strahlte mich an und reckte wieder beide Daumen in die Höhe. Ich fand das übertrieben, so eindrucksvoll hatte ich dem Blockwart nun auch wieder nicht Kontra gegeben.

Während der Fahrt schloss ich zeitweise die Augen und dämmerte etwas vor mich hin, die vorangegangene Nacht war offenbar zu kurz gewesen. Nur mit halbem Ohr hörte ich deshalb ein Gerücht, das im Bus die Runde machte. Eine schwarzhaarige ältere Frau war offenbar am Abend noch am Loch Linnhe spazieren gegangen. Hierbei musste sie wohl gestolpert und abgerutscht sein. Eine Schachtel Zigaretten und ein Feuerzeug fand man später am Ufer, sie selbst war offensichtlich ins Wasser gefallen und ertrunken. Doch damit mochte ich mich nicht belasten. Schließlich hatte ich Urlaub, ich wollte mich erholen, und zwar konsequent und ohne Störungen. Dass ich von der Reibeisenstimme verschont blieb, empfand ich deshalb als wohltuend.

Doktor Bartlsperger beugte sich ruckartig nach vorn und unterbrach seine Notizen. Die Augen waren geweitet, die Stirn in Falten. Er rieb sich das Kinn, suchte nach den richtigen Worten. Ich kannte die Geste. Doch bevor er zu einer Frage ansetzen konnte, setzte ich meinen Bericht fort.

Als wir am Commando Memorial hielten, redeten die anderen Teilnehmer unserer Reisegruppe aufgeregt durcheinander. Ich machte es wie die drei Soldaten auf dem Steinsockel, ich genoss die Aussicht auf den höchsten Berg Schottlands, den Ben Navis, und die ihn umgebenden Berge. Wir befanden uns immer noch in den Highlands, die Landschaft sah so aus wie in den vorangegangenen Tagen. Sanft geschwungene grüne Hügel mit niedrigem Buschwerk, Farn und dem üppig blühenden schmalblättrigen Weidenröschen hier und in der Ferne steil aufsteigende bis in die Höhe grüne Berge. Ich konnte mich daran nicht sattsehen.

Die anderen schienen sich beruhigt zu haben. Während der Weiterfahrt war es still im Bus, sehr still. Das gab sich, als wir Urquhart Castle erreichten. Offenbar hatten sich alle wieder gefangen, zumindest war ihnen nichts mehr anzumerken. Die Besichtigung begann mit einem rund zehnminütigen Film über die Geschichte des Schlosses am Ufer des Loch Ness. Der Blockwart traute der jungen Frau mit Schottenrock und grünem Pullover mit dem Wappen von Urquhart Castle offenbar nicht zu, uns geordnet in den Kinosaal zu geleiten. Er meinte, selbst Anweisungen geben zu müssen. Ich versuchte, ihn zu ignorieren. Die weitläufige Burganlage bot hierzu genügend Gelegenheit. Als ich beobachtete, wie am Fahnenmast die schottische Flagge im Wind flatterte, entdeckte ich auf dem Turm der Burgruine den Feldwebel, der sich mit seinem Fotoapparat weit über die Brüstung lehnte. Ein riskantes Unterfangen, ging es mir durch den Kopf.

Natürlich stand er wieder als Erster am Bus und drängte alle, schnellstmöglich einzusteigen. Unsere Reiseleiterin rollte die Augen. Wir hatten Zeit. Schließlich fand die für den Nachmittag ursprünglich geplante Besichtigung der Whiskey-Destillerie nicht statt, weil sie ja auf den zweiten Tag vorgezogen worden war. Der Blockwart beschwerte sich jetzt noch darüber – hatte er keine anderen Probleme? Sabrina hatte gemeinsam mit John ein Alternativprogramm entwickelt. Wir fuhren an die Mündung des River Ness nach Inverness. Die Besichtigung der St. Andrew's Cathedral gestaltete sich kurz, sehr kurz, nachdem ich die mittlerweile bekannte befehlsgewohnte Stimme vernommen hatte, die glaubte, unsere Reisegruppe im Inneren ordnen zu können. Ich trat wieder ins Freie. Dort erwartete mich Bettina mit einem wissenden Lächeln, das ihre Mundwinkel umspielte. Gemeinsam durchquerten wir die Stadt und gelangten schließlich zu Leakey's Bookshop. Die große Buchhandlung hatte sich in einer früheren Kirche eingerichtet. Die Regale waren mit antiquarischen Büchern vollgestopft, anders ließ sich das Gedränge des Gedruckten nicht bezeichnen. Thematisch wechselten sie einander ab, ohne dass ich die ordnenden Kriterien hätte erkennen können. Es war eine eigene Welt. Eine Wendeltreppe führte hoch auf die Galerien beiderseits des Kirchenschiffes. Außer Büchern fanden sich hier alte Drucke mit unterschiedlichsten Motiven; Aufkleber auf den sie umgebenden Kunststofffolien versicherten, dass sie mehr als einhundert Jahre alt waren.

»Wie finden die sich denn hier zurecht? Hier ist gar kein System zu erkennen? Woher soll ich denn wissen, welche Bücher ich wo finde?«

Nein! Hatte er uns verfolgt? Wusste er diesen Ort nicht zu schätzen? Hatte er nicht gelernt, dass man in einem solchen weihevollen Ort ebenso wie in einer Bibliothek allenfalls mit gedämpfter

Stimme sprach? Offensichtlich nicht. Seine Nase berührte fast die Buchrücken, als er versuchte, die Titel zu lesen.

Bettina schüttelte missbilligend den Kopf. Wir verständigten uns mit einem Blick, verließen den Büchertempel in der Hoffnung, der Frevler möge hinausgeworfen werden. Wir eilten zur nahe gelegenen Victorian Markethall und genehmigten uns Fish & Fries. Wir hatten unser Mahl noch nicht beendet, da entdeckte ich ihn wieder. Auch Blockwarte müssen offenbar essen. Anscheinend hatte er eine neue Freundin gefunden. Die Stämmige mit dem übertriebenen Make-up, die in den ersten Tagen gemeinsam mit der hageren Hessin kein gutes Haar an unserer Tour gelassen hatte, hatte sich nun zu ihm gesellt. Ohne Sparringspartner war sie recht ruhig gewesen, zumindest erträglich. Das änderte sich nun. Ich bekam Puls, sah bereits meine Erholung gefährdet.

Bettina war meinem Blick gefolgt und zog mich nach draußen. Durch die Bewegung an der frischen Luft kam ich langsam herunter. In gemächlichem Tempo folgten wir dem River Ness, überquerten die gleichnamige Brücke und erreichten unseren Bus, der nahe der St. Andrew's Cathedral auf uns wartete.

Der nächste Stopp war in Nairn, einem kleinen Seebad. Es erinnerte mich an die Ostsee, nur ohne die dort typische Bäderarchitektur. Bei mäßigem Wind ging ich am Sandstrand so dicht an der Wasserlinie entlang, dass ich immer wieder der Gischt ausweichen musste. Ich sog die salzige Luft in mich auf und genoss, dass Wind und Wasser die einzigen Geräusche verursachten. Die anderen hielten Abstand, zogen die Strandpromenade vor oder drängten sich vor dem Toilettenhäuschen. Ich entdeckte einen Kiosk und steuerte darauf zu. Das Softeis »Cool Mint« war gewöhnungsbedürftig, aber gut.

Am frühen Abend checkten wir in einem Hotel in Aberdeen ein. Das Gebäude mit der Fassade aus Basaltsteinen wirk-

te typisch für die Gegend, auch im Inneren war es ansprechend gestaltet, allein der Schädel eines Hochlandrinds mit den langen gewundenen Hörnern über der Rezeption mutete etwas befremdlich an. Dass Jäger Geweihe erlegter Tiere an einer Wand drapierten, war mir bekannt. Auch auf einer Ranch im Westen der USA mochte es üblich sein, den Schädel eines Longhorns über den Kamin zu hängen. Aber ein Highland Cattle über dem Empfangstresen eines Hotels? Nach einem kurzen Moment der Verwunderung zerbrach ich mir darüber nicht den Kopf – andere Länder, andere Sitten.

Die Zeit reichte noch, um vor dem Abendessen etwas die Umgebung zu erkunden. Die Union Street erwies sich als die Haupteinkaufsstraße und führte uns zu Union Terrace Gardens, einer gepflegten Parkanlage.

Das Drei-Gänge-Menü hätte der Hotelküche zwar gewiss weder einen Stern noch eine Kochmütze eingebracht, aber die Beschwerden des neuen »Traumpaares« waren maßlos übertrieben.

An diesem Abend blieben Bettina, Angelika und deren brünette Freundin, der Unternehmensberater mit seiner Frau und ich im Hotel. Cider vom Fass und Guinness sorgten für angeregte Unterhaltungen. Nur Bettina beteiligte sich wie üblich nicht an den Gesprächen. Sie saß da, lächelte und nickte mir von Zeit zu Zeit zu. Die vier anderen beachteten sie kaum. Um von Störenfrieden verschont zu bleiben, nahmen wir uns vor, am nächsten Abend auswärts zu essen.

Am nächsten Morgen setzte uns unser Bus an einem kleinen, außerhalb des Örtchens Broomhill gelegenen Bahnhof ab. Eigentlich war es nur ein langgestrecktes blassgelbes Holzhaus mit einem flachen dunkel eingedeckten Giebeldach. Die alte Gepäckwaage davor war gewiss seit langem nicht mehr in Gebrauch. Auf der

Rückseite verliefen Schienen, gegenüber befand sich ein Steinhaus in fahlem Grau. Vielleicht die Bleibe des Bahnwärters, wenn es hier noch einen gab. Überragt wurde sie von einem Wäldchen. An das Holzhaus auf unserer Seite schlossen sich saftig grüne Weideflächen an. Von ihnen trennte uns ein hölzerner Lattenzaun, dessen Regelmäßigkeit von leicht verwitterten Reklameschildern unterbrochen wurde: »Virol – school children need it«. Ob die lieben Kleinen damals wirklich ein Nahrungsergänzungsmittel aus Malzextrakt mit zugesetztem Knochenmark brauchten, hinterfragte ich nicht. Lieber erfreute ich mich an dem lila Blütenmeer der Weidenröschen, das die Bahnstrecke säumte, so weit ich blicken konnte.

Während wir warteten, setzten sich Bettina, Angelika und deren Freundin auf eine Bank zwischen zwei Blumenkübeln. Als ich mich zu ihnen gesellte, sprang Angelika auf und bot mir ihren Platz an.

»Du denkst wohl, du musst einem alten Mann einen Sitzplatz anbieten.«

»Ja«, antwortete sie. »So bin ich nun einmal erzogen.«

Sie hatte »Ja« gesagt, als ob ich ein alter Mann wäre. Bettina sah mir die aufkommende Verärgerung offenbar an, denn sie schüttelte mit Nachdruck den Kopf. Wahrscheinlich hatte sie recht, denn Angelika wollte nur nett sein.

Wenig später dampfte der Zug der Strathspey Railway heran. Unsere Reisegruppe nahm einen Waggon für sich in Beschlag. Die Fahrt nach Aviemore führte durch eine Landschaft, die »16:50 ab Paddington« entlehnt zu sein schien, nur eben in Farbe, vornehmlich sattem Grün, und nicht in Schwarz-weiß. Farbenfroh war auch der Bahnhof in Boat of Garten, den wir passierten. An ein aus großen Basaltsteinquadern gemauertes Gebäude schloss sich ein flacher hölzerner Trakt an, der in blassem Gelb gehal-

ten war, das nur durch die dunkelbraunen Fenster- und Türrahmen unterbrochen wurde. Blumenampeln an den Wänden, Blumenkästen auf den Fensterbänken und große Blumenkübel vor dem Gebäude, die sich mit Holzbänken abwechselten, sorgten mit ihrer Blütenpracht für eine bunte Vielfalt. Neben einer knallroten hölzernen Gepäckkarre stand der Bahnhofsvorsteher. Ein weißer Bart umrahmte sein rundes Gesicht, das zum Teil von einer Schirmmütze verschattet wurde. Das schwarze Uniformjackett trug er offen, darunter ein weißes Hemd, dessen Knopfleiste mit seiner Leibesfülle kämpfte. Die schwarze Krawatte endete eine Handbreit über dem Gürtel. Der Mann stützte sich schwer auf einen Stock. Leider waren wir spät dran, weshalb er um Verständnis bat, dass wir nicht aussteigen und die historische Wartehalle besichtigen konnten. Das wäre ohnehin ein sportliches Unterfangen geworden, mehr als sieben Minuten hätte unser Zug nicht gehalten.

So genoss ich die schottischen Süßigkeiten und den Tee, die uns bei der Weiterfahrt serviert wurden. Andere waren weniger duldsam.

»Unmöglich! Nicht einmal aussteigen dürfen wir. So stand es aber im Programm. Was erzählen die uns hier. Im Programm mit Attraktionen angeben und vor Ort geht dann nichts …« Die Schimpfkanonade setzte sich fort bis zur Endstation in Aviemore. Das Gespann aus Blockwart und Make-up-Artist. Es nervte. Es war steigerungsfähig, wie ich bald erfahren sollte. Wir konnten nicht nach Braemar, der Heimat der »Highland Games« fahren, weil die Hauptroute wegen Bauarbeiten gesperrt war und die Ausweichstrecken über Brücken führten, für die unser Bus zu schwer war. Das durfte nicht unkommentiert bleiben, leider.

Als Alternative hatten sich Sabrina und John einen Abstecher nach Carrbridge überlegt. Dort befindet sich die älteste Steinbrü-

cke in den Highlands, sie wurde 1717 als Carrbridge Packhorse Brigde erbaut, das Dorf wurde nach ihr benannt. Dass sie jetzt instabil sein mochte, wunderte mich nicht. Eher ließ mich schaudern, dass über viele Jahrzehnte mit schweren Lasten bepackte Pferde über diesen Steg, der nicht breiter war als die Spannweite meiner ausgestreckten Arme, den Weg über den Dulnain gefunden hatten. Beim anschließenden Gang durch den Ort waren die Spuren der Scottish Open Chainsaw Carving Competition nicht zu übersehen. Die Ergebnisse der alljährlichen Wettbewerbe im Kettensägenschnitzen zierten öffentliche Plätze und zahlreiche Vorgärten. Zum Glück war der zweite der beliebten jährlichen Wettbewerbe bereits vorbei: die Golden Spurtle World Porridge Making Championship hatte keine Andenken hinterlassen, allenfalls auf den Hüften der Einwohner. Eine Porridge-Verkostung hätte mir noch gefehlt. Womöglich hätte ich unsere ewigen Nörgler damit beworfen oder Schlimmeres; das Risiko bestand, denn mein Puls stieg wieder merklich an.

Rindviecher, genauer gesagt Highland Cattles, waren der Anlass unseres nächsten Halts. John hatte vorgebaut, er hielt uns eine große Tüte Möhren entgegen, aus der sich bedienen konnte, wer wollte, um die Tiere zu füttern. Die massigen Tiere mit gewundenen Hörnern, dem Pony über den Augen, angelten diese Leckerbissen mit ihren langen, sehr langen Zungen aus den ihnen entgegengestreckten Händen.

Auf dem Rückweg konnten wir bei einem Abstecher in einer der ältesten Bäckereien Shortbread in jeder Erscheinungsform erwerben. Manche kauften ein, als gäbe es am Abend nichts mehr zu essen. Nur zwei echauffierten sich über den erneuten Halt an einem Ort, der nur aus diesem Betrieb für Mürbeteiggebäck zu bestehen schien. Bevor wir das Hotel erreichten, zeigte uns Sabrina bei einer kurzen Rundfahrt Old Aberdeen. Gewunde-

ne Straßenzüge mit sich bis ins Detail gleichenden Häuschen in gepflegten Gärten zogen sich in nördlicher Richtung zum River Don. Bei der University of Aberdeen stiegen wir aus, streiften über den Campus, an den Kathedralen der Wissenschaft vorüber, durch Kreuzgänge, die gepflegte Grünflächen umgaben, vorbei an efeubewachsenen Erkern mit bunter Bleiverglasung. Sträucher rot blühender Rosen und lilafarbener Hortensien setzten fröhliche Akzente.

Die grimmigen Gesichter der beiden Miesepeter ließen mich Abstand von unserer Gruppe halten. Bettina leistete mir Gesellschaft. An einem abgelegenen Gebäude am Rande des Campus wies sie mich auf ein Schild hin. Unter dem Wappen der University of St. Andrews stand dort zu lesen: »School of Psychology & Neuroscience«. Was sie sich dabei wohl gedacht hatte?

Am Abend setzten wir unser Vorhaben in die Tat um und suchten ein Restaurant auf, das uns Sabrina empfohlen hatte. In Aberdeen kannte sie sich aus, hier wohnte sie seit mehreren Jahren. Nach einem hervorragenden Essen wurden wir abenteuerlustig, durchstreiften ein Viertel, in dem sich ein Pub an den anderen reihte. Im ältesten, in Ma Cameron's, blieben wir hängen. Was die anderen tranken, weiß ich nicht mehr; ich blieb beim Cider, vom Fass frisch gezapft. Dem sprach ich offenbar reichlich zu, denn so genau kann ich nicht mehr rekonstruieren, wie ich zum Hotel zurückfand. Wahrscheinlich waren die anderen mir behilflich.

Am nächsten Morgen herrschte Unruhe im Hotel. Gerade als ich den Frühstücksraum betreten wollte, drängten sich zwei Sanitäter an mir vorbei, die auf einer abgedeckten Trage eine reglose Gestalt nach draußen bugsierten. Der Bereich hinter der Rezeption war mit Flatterband abgesperrt – »Police Line – Do not cross!« Ein Anzugträger befragte den Hotelmanager, während sich ein zweiter Notizen machte. Ein Uniformierter sorgte dafür, dass niemand dem Empfangstresen zu nahekam. Ich konnte dennoch mit einem kurzen Blick erfassen, dass dahinter eine Leiter umgestürzt war. Daneben lag der Schädel des Hochlandrinds, der gestern noch an der Wand hing. Seltsamerweise war eines der beiden Hörner rot verfärbt und glänzte, als sei es feucht. Außerdem glaubte ich noch, das dünne Stahlgestell einer Brille mit besonders dicken Gläsern zu sehen.

Allzu lange hielt ich mich mit diesen Beobachtungen nicht auf, ich hatte Hunger. Das Frühstück verlief in angenehmer Ruhe. Einige tuschelten zwar, aber so leise, dass es nicht störte. Die Nörglerin saß allein in einer Ecke und stocherte in ihrem Rührei herum. An einem anderen Tisch entdeckte ich die Großmutter mit ihren beiden Enkeln. Wenn sich gemischte Gefühle in der Miene eines Menschen ausdrücken können, so dachte ich mir, müssten die Gesichter wohl so aussehen wie diese drei. Zuerst dachte ich, der Blockwart habe sie versetzt, aber er erschien überhaupt nicht zum Frühstück. Nachdem ich mir eine zweite Portion vom Buffet geholt hatte, setzte sich Bettina zu mir. Sie sagte zwar nichts, nickte mir aber aufmunternd zu und streckte – kaum, dass sie ihren Teller abgestellt hatte – beide Daumen nach oben.

Sobald unsere Koffer im Bus verstaut waren, besuchten wir Fittie, das frühere Fischerdorf an der Mündung des River Dee. Die Häuser duckten sich zum Schutz gegen den Wind und wandten der See aus demselben Grund ihre Rückseiten zu. Die Türen und Fenster in Primärfarben waren auf die schmalen Gassen ausgerichtet, die sie miteinander verbanden. Mittlerweile handelte es sich um eine Künstlerkolonie, wie an den Skulpturen in manchen Gärten, Bildern und Sinnsprüchen an Hauswänden und Gartenzäunen unschwer zu erkennen war.

Nach einem kurzen Rundgang wollten wir wieder in den Bus steigen, als John aufgeregt mit beiden Armen gestikulierte, sein Handy zückte und die New Pier bis zum Pocra Quay lief. Sabrina hatte von einem der Seeleute am Hafen erfahren, dass ein Segelschiff auslaufen sollte. Mit einigen anderen rannte ich John hinterher.

»Was soll das denn? Jetzt laufen schon wieder alle weg. Wir müssen doch fahren …«

Die Stimme konnte ich zuordnen, zum Glück wurde sie mit wachsender Entfernung erst leiser und war dann gar nicht mehr zu hören.

Ein indonesischer Dreimaster wurde von zwei Schleppern aus dem Hafen bugsiert, zunächst gedreht und dann herausgezogen. Das Schiff war rahgetakelt, Segel würde es erst setzen, wenn es die Hafeneinfahrt verlassen hatte. In den Wanten standen Matrosen und winkten uns zu. Wimpel aus aller Herren Länder schmückten die Masten. Die Blasmusik der Kapelle auf dem Deck sorgte für einen gewissen Pomp, der irgendwie hierher zu passen schien. Die gute Laune wurde getrübt, als wir im Bus von dem offenbar unvermeidlichen Genörgel empfangen wurden. So langsam bekam ich wieder Puls.

Wir verließen Aberdeen und fuhren nach St. Andrews. Nach einem Fotostopp bei Dunnottar Castle ließ uns unser Busfahrer in der Stadtmitte der Universitätsstadt aussteigen, wir hatten viel Zeit zur Besichtigung.

»Haben Sie denn keine Stadtpläne? Wie sollen wir uns hier zurechtfinden?«

»Da vorn ist die Touristeninformation, dort bekommen Sie bestimmt Stadtpläne.«

»Wie? Wir sollen uns die selbst holen. Sie sind doch die Reiseleiterin, das ist Ihre Aufgabe.«

Sabrina tat mir leid. Sie gab notgedrungen nach, betrat das städtische Touristikbüro und kam nach kurzer wieder heraus. »Sie haben mir leider nur zwanzig Stadtpläne gegeben. Entweder Sie teilen sich jeweils zu zweit einen, oder Sie müssen selbst noch einmal hineingehen.«

»Braves Mädchen!«

Ich kämpfte mit meiner Beherrschung. Gemeinsam mit Bettina eilte ich zur St. Andrews Cathedral. Die weitläufige Anlage weckte Erinnerungen an die Romane von Val McDermid. Einige Schauplätze nahmen vor meinem inneren Auge Gestalt an. Deutlich sah ich die Stelle, an der die Leiche der Pub-Kellnerin Rosie Duff in dem nach ihr benannten Teil der Verfilmung gefunden und die drei Studenten verhaftet worden waren. Als könnte Bettina meine Gedanken lesen, sah sie mir tief in die Augen und nickte mit Nachdruck.

Wir eilten vom Kathedralen-Gelände und gingen The Scores mit Villen auf der einen und Universitätsgebäuden auf der anderen Seite entlang. Am Ende der Straße trennten wir uns, weil Bettina den berühmten Golfplatz von St. Andrews sehen wollte, ich zog die Innenstadt vor und passierte auf dem Weg dorthin die Gebäude der einzelnen Fakultäten, die das steingewordene Etikett altehrwürdiger Bildungseinrichtungen verkörperten. Als sich mir eine Engländerin anschloss, während ich Lücken im Verkehr suchte und die Straßen überquerte, war ich anfangs irritiert. Sie musste es mir angesehen haben, denn sie erklärte: »Ich denke, zu zweit ist es sicherer. Zwei Menschen zu überfahren, wird sich kein Autofahrer trauen.«

Genau mein Humor.

Später traf ich in der Central Bar an der Market Street Angelika und ihre brünette Freundin. Ich freute mich, sie zu sehen; die Sache mit dem »alten Mann« hatte ich längst vergessen. Ge-

meinsam aßen wir zu Mittag. Wir unterhielten uns angeregt, auch über die Respektlosigkeit der Stämmigen, die in den Farbtopf gefallen zu sein schien. Allein die Erwähnung dieses Vorfalls ließ meine Verärgerung wieder lebendig werden.

Gerade noch rechtzeitig erreichten wir den Bus zur Weiterfahrt nach Dunfermline, unserer letzten Station vor dem Heimflug am nächsten Tag. Das mehr als überschaubare Örtchen lag zwar im Raum Edinburgh, und gewiss war der Flughafen von dort in kürzerer Zeit zu erreichen, als wenn wir Edinburgh hätten durchqueren müssen, aber es war ländlich, sehr ländlich. Die einzige Attraktion war ein sehr großer Golfplatz, was zwar Bettina begeisterte, mir aber nichts gab. Ich fragte mich, wie sich ein so gemütliches Hotel in dieses Dorf verirren konnte. Das Restaurant war ansprechend eingerichtet, das Essen gut und reichlich, und – da wir noch nicht einmal einen Pub entdeckt hatten – verbrachten wir den restlichen Abend dort. Cider, frisch vom Fass, war hier günstiger als in den Pubs der Städte, die wir bislang besucht hatten. Das kam mir sehr entgegen. Die Beschwerden der verbliebenen Nörglerin, dass nur zwei Busse den Transfer zum Flughafen übernähmen und sie dort deshalb lange warten müsse, überhörte ich geflissentlich nach dem dritten Pint.

Mein Frühstück am nächsten Morgen bestand aus reichlich Kaffee und Toast mit Schinken, Käse und Spiegelei. Einerseits fühlte ich mich entspannt und gut erholt, andererseits bedauerte ich, dass die Reise nun zu Ende ging. Gerade hatte sich Bettina zu mir gesetzt, als ich das Gemaule der Stämmigen mit der preiswerten Bezugsquelle für Kosmetika vernahm. Irgendetwas erregte ihr lautstarkes Missfallen; alles andere wäre eine Überraschung gewesen. Das würde ich gewiss nicht vermissen. Mit einer großen Schüssel Porridge, einem Teller mit zwei Scheiben Toast, Butter und Marmelade machte sie sich am Nachbartisch breit. Grum-

melnd stand sie wieder auf, um sich eine Tasse Tee vom Buffet zu holen. Wenigstens sprach sie nicht mit vollem Mund; mit wem sollte sie sich auch unterhalten? Niemand wollte sich mehr zu ihr setzen. So löffelte sie missmutig ihren Porridge. Plötzlich gab sie seltsame Geräusche von sich, eine Mischung aus Würgen und Husten. Sie lief puterrot an, wedelte wie wild mit beiden Armen. Ihre Gesichtsfarbe wechselte ins Bläuliche, bevor sie einer überreifen Pflaume glich. Dann kippte sie vornüber, mit dem Gesicht in die Porridge-Schüssel. Bei den ersten Auffälligkeiten hatten ihr zwar einige der Umsitzenden helfen wollen, nun war es wohl zu spät. Ich glaubte, noch aus dem Augenwinkel zu sehen, wie Bettina ein kleines braunes Glasfläschchen zuschraubte und in ihrer Handtasche verschwinden ließ. Sie sah mich an und legte den Zeigefinger der rechten Hand vor den Mund. Dann zwinkerte sie mir verschwörerisch zu. Ich verstand nicht recht und nahm mir vor, sie später danach zu fragen.

Beim Transfer zum Flughafen konnte ich Bettina im Bus nicht entdecken. Auch am Flughafen sah ich sie nirgends. Es war ein einziges Menschengewusel. Die Fluggesellschaften besaßen keine Check-in-Schalter, die ihnen fest zugeordnet worden wären, vielmehr erfolgte die Zuweisung nach Bedarf durch große Leuchtdisplays an der Wand. So wussten wir also zunächst nicht, wohin wir uns wenden sollten. Ich blickte mich weiter suchend um, fand Bettina jedoch nicht. Deshalb fragte ich Sabrina nach ihr.

»Wen suchen Sie?«

»Bettina!«

»Welche Bettina?«

»Bettina … ich glaube, ihr Nachname lautet: Vahrenholt.«

Unsere Reiseleiterin zog ihre Liste zu Rate. Dreimal blätterte sie sie durch. »Nein. Eine Bettina Vahrenholt habe ich hier nicht. Sind Sie sicher, dass sie so heißt? Wie sieht sie denn aus?«

Ich beschrieb Bettina, so gut ich konnte.

»Nein, eine solche Frau gehörte nicht zu unserer Reisegruppe. Die wäre mir aufgefallen. Ich kann mir zwar nicht alle Namen behalten, aber Gesichter vergesse ich nicht. Sie müssen sich irren.«

Jetzt war es an mir, verwundert zu sein. Ich ließ es jedoch auf sich beruhen, weil die anderen mich schon ansahen, als spräche ich von einem Gespenst. Zum Glück wurde nun unser Check-in-Schalter angezeigt. Zusammen mit der blonden Lehrerin und ihrer brünetten Freundin eilte ich dorthin. Wir erhielten unsere Bordkarten, und die Klebeetiketten wurden an den Koffern befestigt, auf das Gepäckband mussten wir sie jedoch selbst hieven. Vor der Sicherheitskontrolle griff ich in meine Hosentaschen, um die Schlüssel herauszunehmen und mit meinen anderen Sachen in die Kunststoffwanne zu legen. Plötzlich hatte ich ein kleines braunes Glasfläschchen in der Hand. Mein Erschrecken versuchte ich zu unterdrücken. Schnell ließ ich den kleinen Behälter nach unter gleiten und kickte ihn mit dem Fuß unter das Band, das die Wannen anlieferte. Der Verschluss war offenbar nicht ganz dicht, denn meine Finger waren feucht; ich schnupperte daran. Es roch nach Bittermandel. Mir wurde schlecht. Ich musste dringend zur Toilette.

Für den Heimflug hatte ich einen Fensterplatz. Er nützte mir nichts, kaum hatten wir abgehoben, fiel ich in einen tiefen Schlaf. Erst als mich ein Steward geradezu schüttelte, wachte ich am Stuttgarter Flughafen wieder auf.

Ich richtete mich im Sessel auf, stellte die Füße nebeneinander und sah Doktor Bartlsperger direkt an. Die Augen weit aufgerissen, die Augenbrauen hoch angehoben, mit leicht geöffnetem Mund musterte er mich eindringlich. Blankes Entsetzen stand ihm ins Gesicht geschrieben. Langsam, ganz langsam normalisierte sich seine Miene ein wenig. Er rieb sich lange das Kinn, blickte zwischen seinen Notizen und mir hin und her. Er hatte offenbar die Luft angehalten und stieß sie nun aus.

»Also, Herr Isenberg, das ist … wie soll ich sagen? Das ist …«

Er rang mit den richtigen Worten, setzte erneut an und unterbrach sich wieder. Vielleicht hatte ich dieses Mal zu viel erzählt? Hätte ich besser etwas weglassen sollen? Ich musste ihn einfangen. Ob meine bewährte Methode auch heute funktionierte? Ich richtete meine Augen an ihm vorbei auf die Wand, genauer gesagt auf das gerahmte Foto, das dort hing. Es zeigte eine ältere Dame mit weißem, halblangem Bob über einem rundlichen Gesicht, das eine mütterlich anmutende Güte ausstrahlte. Sie schien mich anzulächeln.

Doktor Bartlsperger, der zunächst nach Worten suchend weiter gestammelt hatte, folgte meinem Blick. »Ach, Sie sehen sich das Foto an?« Es war mehr eine Feststellung als eine Frage.

»Genau so sah sie aus, Bettina, meine ich.«

Er entspannte sich, atmete tief ein und aus. »Das ist meine Schwester. Sie starb vor einigen Jahren.«

Ich tat überrascht. »Aber ich dachte wirklich … ich glaubte tatsächlich, ich hätte sie …« Ich brach ab, um glaubhafter zu wirken.

»Meine Schwester kam bei einer Rundreise durch die Toskana unter ungeklärten Umständen ums Leben.«

An die Toskana erinnerte ich mich gut. Die Reise führte uns nach Pisa, Florenz, Siena und das kleine Städtchen San Gimignano. Es waren sehr schöne Ferien gewesen, zumindest für mich. Über die Umstände des Todes seiner Schwester hätte ich Doktor Bartlsperger aufklären können … doch dann hätte ich mir einen neuen Therapeuten suchen müssen.

ENDE

Die glückliche Tote

Simon Becker und Emma Berg ermitteln
von
Kai Bliesener

Sie stand alleine in dem langgezogenen Flur und starrte ins Dunkel. Ein paar Zentimeter über dem Boden leuchteten in regelmäßigen Abständen grüne LEDs. Die Notbeleuchtung. Ansonsten gab es kein Licht.

Sie war nervös. Feuchte Ränder zeichneten sich unter den Achseln und auf den Ärmeln des engen schwarzen Kapuzenshirts ab. Obwohl sie schwitzte, stach ihr ein anderer Geruch in die Nase. Das Desinfektionsmittel überdeckte alle für den menschlichen Geruchssinn wahrnehmbaren Düfte in dem Gebäude, was sonderbar war, weil sie sich hier im Bürotrakt befand.

Sie stand in einer kleinen Nische. Hinter ihr versperrte eine schwere Glastüre den Weg zurück. Vor ihr lagen etwa zwanzig Meter, die sie zurücklegen musste. Zu beiden Seiten gingen verglaste Türen in kleine Büroräume ab, die durch raumhohe Glasscheiben einsehbar waren. Nur die Chefbüros waren mit einer Milchglastönung vor allzu neugierigen Blicken abgeschirmt. An den Besprechungsräumen waren Jalousien angebracht, die man bei Bedarf herunterlassen konnte. Alle Türen waren geschlossen und mit einem Codekarten-Schloss gesichert. Was bei Tag einer sterilen Büroatmosphäre ähnelte, glich bei Nacht einer Szene aus einem Science-Fiction-Film.

Stille. Außer ihrem Atem war kein Geräusch zu hören. Selbst die Lüftung, die sonst meist vernehmlich surrte, war zu dieser Zeit ausgeschaltet. Deshalb war es so warm. Die Abendsonne hatte die im sechsten Stock liegenden Büroräume aufgeheizt. Sie spürte ihr Herz vor Aufregung in ihren Schläfen pochen, fühlte, wie es schlug und das Blut durch ihre Adern pumpte.

Ein letztes Mal durchatmen, ein vorsichtiger Blick um die Kante der Bürowand, hinter der sich die Nische verbarg, dann drückte sie sich ab und bewegte sich zügig in Richtung Ende des Gangs. Lautlos setzte sie Schritt Schritt. Ihre schwarzen Sportschuhe waren geräuschlos. Dann stand sie vor einer Tür am Ende des Flurs. Sie wirkte massiver als die anderen. Sie sah sich mit sorgenvoll geweiteten Augen um, während sie etwas ungelenk die weiße Codekarte aus der Tasche ihrer dunklen Jeans fummelte.

Es war gefährlich, was sie hier machte. Aber sie hatte lange überlegt und entschieden, das Risiko einzugehen. Eingehen zu müssen. Sonst würde es immer so weitergehen und das war nicht akzeptabel.

Doch ohne Beweise konnte sie die Geschichte nicht bringen.

Die Codekarte kurz an das Schloss gehalten, und schon sprang die Tür mit einem Klacken, das in diesem Moment in ihren Ohren wie der Donner eines Presslufthammers hallte, wie von Geisterhand auf. Schnell schob sie sich durch den Spalt und machte leise hinter sich zu, presste ihren schlanken Körper gegen das Holz des Türblatts. Es war die einzige Türe hier oben, die nicht aus Glas war. Sie schloss für einen Moment die Augen und holte tief Luft.

Durch die Glasfenster, die den Raum von drei Seiten einrahmten und einen Blick auf das nächtliche Panorama der baden-württembergischen Landeshauptstadt gewährten, drang genug Licht, um den mächtigen Schreibtisch ausmachen zu können, auf dem ein schlanker Laptop stand. Sonst war der Tisch nahezu klinisch rein. Wie passend, dachte sie sich, sprang leichtfüßig hinüber und ließ sich in den bequemen Ledersessel fallen.

Ein schneller Knopfdruck und der Bildschirm des Surface erwachte zum Leben. Sie kannte sich mit Windows nicht gut aus. Sie war mit dem Mac groß geworden. Aber sie würde sich schon zurechtfinden auf dem System. Aus der Hosentasche, die über ihren Hintern spannte, zog sie einen USB-Stick und steckte ihn in den passenden Steckplatz an der Seite des Laptops. Dann rief sie den Datei-Explorer auf, gab den ersten Suchbegriff ein und wartete, was der Bildschirm gleich für Ergebnisse ausspucken würde. Es dauerte nicht lange und sie hatte eine Liste mit Ordnerverzeichnissen und Dateien vor sich, die sie auf den Stick kopierte. Während sie wartete, sah sie immer wieder zur Tür und lauschte auf Geräusche. Doch alles blieb still. Sie hatte Glück.

Dann gab sie den zweiten Suchbegriff ein. Wieder kopierte sie das gesamte Ergebnis auf den Stick, dessen Fassungsvermögen von rund einem Terabyte mehr als ausreichen sollte. So verfuhr sie mit fünf weiteren Suchbegriffen und hoffte dann, genug Beweise zusammen zu haben. Erst jetzt bemerkte sie, wie hell der Bildschirm leuchtete.

Ihre Gestalt spiegelte sich im Licht des Computers in den umliegenden Scheiben. Sicher war sie von außen gut zu sehen. Schnell sprang sie auf und schritt die Fenster ringsum ab, sah nach unten auf die Straße und die Umgebung. Keine Bewegungen, keine näherkommenden Fahrzeuge. Alles war dunkel. Niemand hatte sie bemerkt.

Mit einem kurzen Pling meldete der Computer, dass die Aufgaben alle erledigt waren. Sie zog den Stick heraus, schob ihn zurück in die Hosentasche, wo sie ihn durch den Jeansstoff deutlich spürte, fuhr das Surface herunter und wollte schon gehen, als ihr einfiel, dass das Gerät ja zugeklappt gewesen war, als sie sich an den Tisch gesetzt hatte. Und noch etwas hatte sie vergessen. Schnell zog sie aus der Tasche des Kapuzenshirts eine Packung Feuchttücher und wischte über alle Flächen, die sie in ihrer Erinnerung berührt hatte. Dann schlängelte sie ihren Körper durch einen Türspalt zurück auf den Flur, den sie zügig durchschritt. Jetzt wollte sie nur schnell weg und in Ruhe auswerten, was sie gesammelt hatte. Hinter der Glastüre, die sich von innen ohne Codekarte öffnen ließ, wartete ein kleines Empfangszimmer auf sie. Gegenüber dem um diese Zeit verlassenen Tresen befanden sich die geschlossenen Türen zweier Aufzüge. Gerne wäre sie mit einem davon nach unten gefahren. Aber es war vernünftiger, wenn sie das Treppenhaus nahm. Sie drückte die schwere Metalltüre auf und sprang die Stufen hinunter. Dort angekommen trat sie durch eine automatische Glasschiebetüre ins Freie, die rund um die Uhr Zugang zum Gebäude gewährte.

Ein gelangweilter Wachmann sah nicht einmal auf, sondern konzentrierte sich weiter auf das Fußballländerspiel, das über den Bildschirm vor seinen Augen flimmerte. Genau darauf hatte sie gehofft.

Ein warmer Sommerwind strich über ihre Haut, auf der ein kleiner Schweißfilm lag. Winzige Tröpfchen standen ihr auf der Stirn, die sie mit dem Ärmelstoff des Hoodies schnell wegwischte.

Sie hatte es geschafft. Sie war unbemerkt hinein- und wieder herausgekommen. Kaum zu glauben. Dann machte sie sich mit zügigen Schritten auf den Weg zur nächsten U-Bahn-Station. Um diese Zeit waren die Straßen menschenleer. In einiger Entfernung wurde ein Motor angelassen. Sie sah sich rasch um, als sich das Fahrzeug zügig näherte. Ihr Körper spannte sich unwillkürlich, und sie ging automatisch schneller, wollte so flott wie möglich in die Tiefe des U-Bahnhofs abtauchen. Dort war es schwerer, sie unbemerkt zu beobachten. Außerdem gab es überall Kameras, die die Bahnsteige überwachten. Das gab ihr Sicherheit.

Als die Ampel der nahen Kreuzung auf Grün sprang, gab der Fahrer des Wagens Gas und der dunkle SUV machte einen Schuss nach vorne. Wieder mal einer dieser spätpubertären Testosteronjunkies, dachte sie und eilte die Stufen der Haltestelle hinunter. Den Mann am Steuer hinter der getönten Scheibe hatte sie nicht erkennen können. Und doch hatte sie seine Blicke gespürt, gewusst, dass er sie anstarrte und seine Augen nicht von ihr wandte, während er längst das Gaspedal durchgedrückt hatte.

War das etwa Zufall? Hatte ihm das schlanke und hübsche Mädchen gefallen, das nachts alleine durch die Straßen zog? Vielleicht. Es wäre nicht das erste Mal. Sie zog derartige Männerreaktionen nahezu magisch an. Ja, es war sicher nur ein Zufall, sagte sie sich und ging weiter, als sie die Bahn kommen hörte. Der Bahnsteig war verlassen. Nur ein paar Gestalten lungerten harmlos herum, streng beäugt von den Sicherheitsbeamten, die wachsam Patrouille liefen.

Die Fahrt dauerte keine zwanzig Minuten. Entspannung breitete sich aus, während sie so saß und aus dem Fenster starrte, ohne zu sehen, wie die Lichter vorbeizogen. Fast hätte sie vergessen auszusteigen und konnte gerade noch durch die sich bereits schließenden Türen hechten, so wie sie es in Filmen immer machten, wenn sie Verfolger abschütteln wollten. Aber das hier war kein Film. Allerdings gab es auch keine

Verfolger, wie sie erleichtert feststellte, ehe sie sich Richtung Ausgang wandte. Oben angekommen konnte sie bereits den Eingang zum Haus sehen. Jetzt fühlte sie sich sicher. Sie hatte es geschafft.

Den dunklen SUV, der zusammen mit vielen anderen Fahrzeugen am Straßenrand parkte, bemerkte die Journalistin Emma Berg nicht.

*

Jule Neumann war aufgeregt. Und alles wegen des ersten Dates dieser Art. Je weiter die Zeiger der Uhr an ihrer Wand in ihrem Zimmer vorrückten, desto nervöser wurde sie.

Sie hatte schon zwei Mal geduscht, ihre Wohnung geputzt und aufgeräumt und das Bett neu bezogen. Sie wusste ja nicht, wo und wie der heutige Abend enden würde. Zwar musste es ihretwegen nicht gleich in der Kiste sein, aber sie würde sich nicht wehren, sollte das Treffen einen entsprechenden Verlauf nehmen. Mit ihrem letzten Freund, der zugleich ihr erster gewesen war, hatte die Beziehung über drei Jahre gehalten. Das war inzwischen fast ebenso lange her, wie die gemeinsame Zeit gedauert hatte. Und seither hatte sie keinen Sex mehr gehabt. Zumindest nicht mit einem anderen Menschen oder gar einem Mann. Eine frustrierende Gewissheit für eine heterosexuelle junge Frau Anfang zwanzig. Dabei sah sie gut aus. Nicht groß, aber mit sportlich schlanker Figur und weiblichen Rundungen genau dort, wo sie ihrer Meinung nach hingehörten. Die dunkelblonden Haare immer modisch geschnitten und zurzeit etwa schulterlang. Ein schmales Gesicht mit sinnlichen Lippen, frechen Sommersprossen und blauen Augen, die strahlten wie ein stiller Bergsee in den Alpen.

Wenn sie mit ihren Freundinnen in der Stadt unterwegs war, zog sie durchaus immer wieder die Blicke der Jungs und Männer auf sich. Ab und zu hatte sie schon einer angequatscht. Doch waren die Gespräche meist rasch beendet, wenn sie signalisiert hatte, kein Interesse daran zu haben, auf eine schnelle Nummer mit raus ins Auto zu kommen.

Da sie aber wenig Zeit hatte neben dem Medizinstudium und dem Sport, hatte sie irgendwann beschlossen, es auf einem dieser beliebten Dating-Portale zu versuchen. *Junge, hübsche Frau, 22, blond, sportliche Figur, sucht unkomplizierte Treffen.* Das Ergebnis war ernüchternd. Notgeile Teenager, altersgeile Herren und alle dazwischen schienen nicht besser zu sein. An einem unkomplizierten Kennenlern-Treffen hatte offensichtlich niemand Interesse. Bei vielen Nachrichten reduzierte sich der Inhalt auf: *ficken?*

Sie wollte schon aufgeben und den Account löschen, als sie eine Nachricht von einem Phil in ihrem Postfach fand. Einen Moment hatte sie gezögert und überlegt, ob sie sie überhaupt öffnen sollte. Phil, der Name war sicher nicht echt. Aber da sie die Songs von Phil Collins mochte, einem erfolgreichen Musiker aus der Generation ihrer Eltern, den ihre Altersgenossen ignorierten. Zum Glück hatte die Neugier gesiegt. Sie konnte es erst gar nicht glauben, dass es auf den Portalen tatsächlich Männer gab, die ganze Sätze schreiben konnten.

Nein, Phils Nachricht war wohltuend anders. Er sei über ihr Profil gestolpert und hoffe sich, mit seiner Mail etwas von den restlichen Mitbewerbern abzuheben, um die Gunst einer schönen jungen Frau zu gewinnen. Er schrieb nicht unbedingt viel, aber seine wenigen Sätze ohne Rechtschreibfehler, Fäkalbegriffe und der Beschreibung von Dingen, die er mit ihr oder sie mit ihm tun solle, war erfrischend anders. Er schaffte es, sich mit klaren Worten zu porträtieren, sodass vor ihrem inneren Auge ein Bild entstand, wie sie sich den Mann vorstellen konnte, der er vorgab zu sein. Ihr war bewusst, dass meist nicht stimmte, was jemand über sich sagte. Aber es fühlte sich anders an, diesen Text zu lesen. Er behauptete, Mitte zwanzig zu sein, schlank, und er würde von anderen öfter mal als attraktiv bezeichnet. Allerdings betonte er, dies sei ja Geschmacksache. Außerdem beschrieb er sich als humorvoll, gebildet und sehr diskret. Seine erste Nachricht hatte damit geendet, dass er sich freuen würde, wenn sie sich melde. Das hatte sie dann auch getan. Allerdings erst einige Tage später.

Das war inzwischen beinahe zwei Wochen her. Sie hatten sich dann mehrmals täglich hin und her geschrieben und irgendwann ein Treffen vereinbart. Dabei war die Initiative sogar von ihr ausgegangen. Seine Zeilen hatten sie derart angefixt, dass sie den Autor kennenlernen wollte. Er hatte gezögert und sie schon die Hoffnung begraben, doch dann hatte er eingewilligt. Ort und Zeit waren schnell gefunden. Trotzdem hatten sie sich weiter fast täglich geschrieben.

Und nun war es so weit. Jule konnte es kaum erwarten, es kribbelte angenehm in ihrem Bauch. Irgendetwas sagte ihr, dass es ein ganz besonderer Abend werden würde. Als sie daran dachte, nahm ihr Gesicht den verträumten Ausdruck eines verliebten Teenagers an.

Hätte sie gewusst, dass es das erste und letzte Date dieser Art in ihrem Leben sein würde, wäre sie nicht hingegangen.

*

Diese verdammten Kopfschmerzen.

Obwohl es nicht ganz neun Uhr am Morgen war, war Becker schon gute sechs Stunden auf den Beinen. Der Wecker auf seinem Nachttisch hatte drei Minuten vor drei Uhr angezeigt, als er glaubte, sein Schädel würde zerbersten. Er hatte müde die Beine aus dem Bett geschwungen, gleich zwei seiner starken Kopfschmerztabletten eingeworfen und mit einer Flasche Sprudel hinuntergespült.

Damit er müde wurde, war er ein paar Minuten in seiner Wohnung umhergewandert, hatte sich anschließend wieder ins Bett gelegt und das Licht gelöscht. Doch an Schlaf war nicht zu denken. Eine Zeit lang wälzte er sich hin und her, brach aber bald den Schlafversuch ergebnislos ab. Stattdessen stellte er sich eine halbe Stunde lang unter die Dusche, während das Wasser durch die Kaffeemaschine tropfte. Als er aus dem Bad kam, erfüllte der wohlige Duft frischen Kaffees die Wohnung, und er goss eine große Tasse mit dem dampfenden Wachmacher voll, nahm einen großen Schluck und hätte sich fast dabei verbrannt. Dann schnitt er drei Orangen in der Mitte durch und presste sie aus, machte sich ein Müsli mit Banane, Apfel und Birne und leerte eine weitere Flasche Sprudel. Aus den Lautsprechern drangen die Nachrichten des Südwestrundfunks, während er auf dem iPad durch die neueste Ausgabe der Zeitung blätterte, die nur über Katastrophen berichtete.

Kurz vor sieben Uhr hatte sein Handy begonnen zu vibrieren. Anja stand auf dem Display. Anja Kühnert, seine Partnerin. Nervensäge, dachte er. Aber vielleicht war es ja wichtig.

»Wir haben eine Leiche«, hatte sie für Becker für die Uhrzeit mit einem Ticken zu viel Elan in sein Ohr gesungen, nachdem er das Gespräch angenommen und das Telefon ans Ohr gehoben hatte.

»Mord?«, hatte er müde gefragt.

»Wissen wir noch nicht.«

Beckers Antwort war nicht mehr als ein unverständliches Brummen, das etwa so viel heißen sollte, wie »Ich bin gleich da.« Dann hatte er aufgelegt.

Er wusste, dass Anja ihn gut genug kannte und genau ahnte, was er tun würde. Immerhin arbeiteten sie seit inzwischen zehn Jahren zusammen. Sekunden später erklang ein kurzes Pling, und sein Handy zeigte eine SMS an. Anja hatte ihm die Adresse geschickt.

Becker trank den Kaffee aus, nahm seine Lederjacke von der Garderobe, hakte das Holster mit der Dienstwaffe am Gürtel ein, schnappte sich seine Umhängetasche und zog anschließend die Wohnungstüre leise hinter sich zu. Gegenüber lag eine Türe, hinter der ein nettes älteres Ehepaar lebte. Becker wusste, dass sie entgegen der Gewohnheit vieler alter Menschen gerne länger schliefen und wollte sie daher nicht wecken.

Vor dem Haus stand sein Dienstwagen. Doch als Becker sah, wie der Passat zwischen anderen Wagen eingekeilt war, fluchte er kräftig. Er sah sich schon minutenlang das Lenkrad hin und her kurbeln und den Wagen millimeterweise aus der Parklücke steuern. Das war sicher die Strafe dafür, dass er sich gestern Abend so sehr über den Parkplatz vor der Haustüre gefreut hatte. Als er es beinahe geschafft und den Wagen in Millimeterarbeit vor- und zurückgesetzt hatte, schlenderte eine junge Frau lächelnd und die Hüften wiegend vorbei. Gleich darauf schloss sie die Türe des vor ihm parkenden Renault Twingo auf, warf ihm einen entschuldigenden Blick gepaart mit einem entwaffnenden Lächeln zu, schlängelte sich elegant hinter das Steuer und lenkte den Wagen Sekunden später davon.

Becker schüttelte ungläubig den Kopf, fluchte erneut, wischte dann aber den Ärger zur Seite. Vielleicht wohnte sie ja in der Nachbarschaft. Dann durfte sie ihn noch öfter einparken, dachte er sich. Er drehte die Musik lauter. The National schrammelten den Song Graceless auf EGO FM.

*

Gute fünfzehn Minuten später parkte er den Passat am Tatort. Eine Freundin hatte die Tote am Morgen entdeckt und gleich die Polizei verständigt. Obwohl die Sonne erst vor wenigen Augenblicken die Nacht verdrängt hatte, war Becker genervt. Er hatte für die kurze Strecke fast zwanzig Minuten gebraucht. Zu Fuß wäre er nicht wesentlich langsamer gewesen. Der Verkehr in dieser Stadt war mehr und mehr ein einziger Graus, und Becker hätte am liebsten ganz auf ein Auto verzichtet, denn Parkplätze waren Mangelware. Doch der öffentliche Nahverkehr spottete leider jeder Beschreibung. Überfüllte Busse und Bahnen beförderten zu völlig überteuerten Preisen und unflexiblen Fahrplänen, die meist nur in der Theorie eingehalten wurden, Menschen durch die Stadt. Für Becker war die Vorstellung, mit vielen Menschen zusammen wie in einem Viehtransport auf dem Weg zum Schlachthof eingepfercht zu sein, die Hölle. Die verbale Inkontinenz seiner Mitbürger und deren Ausdünstungen versauten ihm jedes Mal den Tag, wenn er gezwungen wurde, sich in eine Bahn zu quetschen.

Vor dem Haus im Norden der Stadt standen zwei Einsatzwagen der Polizei und versperrten den Weg. Daneben ein dunkler Leichenwagen und ein unscheinbarer VW-Bus der KTU, die den Fundort der Leiche untersuchte. Becker stellte seinen Wagen mitten auf der Straße ab. Ein Uniformierter kam zu ihm und wollte ihn auffordern wegzufahren, doch dann erkannte er den Kommissar und nickte kurz. Schaulustige hatten sich versammelt, stierten unbeteiligt in der Gegend herum und hofften, ein paar Details aufzuschnappen. Handys wurden in die Luft gehalten in der gierigen Erwartung, etwas mitschneiden zu können, dass sich später über soziale Netzwerke rasant verbreiten lassen würde. Becker hasste diese Schmeißfliegen und hätte gerne den Beamten vor dem Haus den Befehl gegeben, die Sensationsgeier mal zum Spaß mit auf das Revier zu nehmen und ihre Personalien aufzunehmen. Bevor er sie dann wieder gehen lassen würde, mussten sie ein paar Stunden – ohne Smartphone und Kontakt zur Außenwelt – in einem kargen Verhörraum schmoren, in dem es in der abgestandenen Luft nach Schweiß und Erbrochenen roch. Aber natürlich wusste er genau, dass er das nicht tun konnte, wenn er nicht seinen Job verlieren wollte.

Der Bereich um den Hauseingang war mit dem üblichen rot-weißen Flatterband abgesperrt, das von einem weiteren Beamten angehoben wurde, als Becker darauf zusteuerte, damit er darunter durchschlüpfen konnte.

»Dachgeschoss«, sagte der Kollege knapp. Sie kannten sich und wussten, dass es nicht vieler Worte bedurfte. Becker nickte kurz und sah an der Fassade des Hauses hinauf. Mindestens fünf Etagen. Wieder fluchte er. Sein Kopf wurde noch immer von einem unsichtbaren Hammer bearbeitet. Der Schmerz würde eine ganze Weile anhalten, ehe er langsam und unter lautem Protest endlich den Rückzug antreten würde. Becker kannte das.

Er stieg die Stufen nach oben, denn das hübsch renovierte Jugendstilgebäude hatte keinen Fahrstuhl. Schritt um Schritt.

Vor Kurzem hätte er den Aufstieg ohne Probleme bewältigt, ohne dass weder Puls noch Atmung nennenswert beschleunigt gewesen wären. Doch das hatte sich verändert. Sein Körper rebellierte und begann, ihm immer wieder den Gehorsam zu versagen. Oben angekommen, keuchte er wie eine alte Dampflokomotive, das Blut pochte noch mehr in seinen Schläfen und wenn er seine Jacke auszog, würde sein T-Shirt feuchte Flecken aufweisen. Wahrscheinlich wurde er alt und wollte es nicht wahrhaben. Dabei hieß es doch, in seinem Alter stehe man in der Blüte des Lebens. Alles Bullshit, sagte er sich im Stillen. Es ging bergab. Und er musste etwas tun. Mehr als bisher, um den leidigen Status quo überhaupt zu erhalten. Dann schob er die Gedanken beiseite, er sollte sich auf die Arbeit konzentrieren, was mit seinen Kopfschmerzen schon Herausforderung genug war. Vor der Wohnungstüre der Toten stand ein weiterer Beamter und machte Platz, als er Becker erkannte.

Becker selbst war immer wieder überrascht, wie bekannt er doch war. Sicher, er hatte einige Erfolge vorzuweisen, sein Gesicht war regelmäßig im Fernsehen und in der Zeitung aufgetaucht, wenn er Informationen zu laufenden Ermittlungen bekannt gab. Das tat er stets so knapp wie möglich, denn es widerstrebte ihm tief in seinem Inneren. Er verstand nicht, warum man nicht warten konnte, bis die Ermittlungen beendet waren und alle zufrieden ein gutes Ergebnis berichten konnten. Immer musste man über Sachstände Auskunft geben, die so dünn waren wie die Eisschicht auf einem See am Ende des Winters. Und dann wurden sie ständig bewusst missverstanden oder falsch interpretiert von irgendwelchen Volontären, die mit wenig fundierten, aber reißerischen Storys versuchten, ihre Meriten zu verdienen. Zwei durchaus spektakuläre Festnahmen waren in den letzten Jahren auf seine Ermittlungsarbeit zurückgegangen. Zwar hatte er sich die Erfolge nie selbst ans Revers heften wollen, sondern immer auf die hervorragende Arbeit seines ganzen Teams verwiesen, aber die Medien brauchten nun mal Helden. Daher war Kommissar Becker als der Mann in die Geschichte eingegangen, der sowohl den Krankenhaus-Mörder als auch den Friedhofs-Mörder geschnappt hatte. Aber das war lange her, und er empfand auch keinen Stolz darauf. Er hatte nur seine Arbeit gemacht. Er hatte das getan, weswegen er vor vielen Jahren überhaupt Polizist geworden war: Er hatte ermittelt, befragt, Fakten zusammengetragen, Indizien ausgewertet, nach Spuren und Zusammenhängen gesucht und am Ende das gesamte Puzzle zusammengesetzt.

Kaum hatte er einen Schritt hinter die Türschwelle gesetzt, stürzte sich Anja Kühnert auf ihn.

»Na endlich«, rief sie ihm feixend entgegen. Sie war eine kleine und quirlige Person, etwas kompakt gebaut, aber sportlich trainiert, wie selbst ungeübte Betrachter schnell erkennen mussten. Vor allem war sie immer hellwach und fix im Kopf. Die dunklen Haare trug sie meist zu einem strengen Zopf gebunden. Die grünen Augen strahlten wach und aufmerksam und lenkten etwas von der markanten Nase ab. Auf den ersten Blick umgab sie der Hauch einer südländischen Schönheit, den sie meist durch ihren schlichten Kleidungsstil selbst revidierte. In ihren ausgewaschenen Jeans, dem schlabbrigen Shirt, das mindestens eine Nummer zu groß war, und der abgewetzten Lederjacke wirkte sie eher wie eine Rockerbraut als wie eine fähige Ermittlerin. Vielleicht war aber genau das der Eindruck, den sie erwecken wollte, dachte sich Becker immer wieder. So wurde sie leicht unterschätzt, und das konnte bei manchen Fällen durchaus hilfreich sein.

Als Becker nicht auf sie reagierte, baute sie sich vor ihm auf, stemmte die Arme in die Seiten und sah ihn streng an. »Guten Morgen Herr Hauptkommissar. Hatten wir eine anstrengende Nacht?« Ihr Gesichtsausdruck veränderte sich, während sie ihn genau betrachtete, und wurde fragend, bis sich Sorge in ihren Blick mischte.

»So schlimm?«, fragte sie.

Becker fragte sich immer wieder, woher diese kleine Person jeden Tag ihren Antrieb nahm. Egal, zu welcher Zeit sie zu einem Tatort gerufen wurden, und ebenso egal, wie grausig der Anblick war, den sie dort oft vorfanden, er hatte sie nie schlecht gelaunt erlebt. Betroffen und nachdenklich, sicher. Ab und zu hatte er fast den Eindruck, sie freue sich über jede neue Leiche, denn dann gab es wenigstens etwas zu tun. Aber sie war auch beinahe fünfzehn Jahre jünger als Becker.

Damit sie endlich Ruhe und den Weg frei gab, knurrte Becker: »Morgen, du Nervensäge. Was haben wir?«

Ein Mundwinkel zuckte, und sie schmunzelte kurz, ehe sie sich umdrehte und ihm voran in die Wohnung ging. Der Flur war klein, die Decken dafür hoch. Mindestens drei Meter, schätzte Becker. Links gab eine offenstehende Türe den Blick in ein modernes Bad mit großen und teuer aussehenden Fliesen und einer begehbaren Dusche frei. Flauschige Handtücher lagen ordentlich auf einem Hocker oder hingen sauber an den dafür vorgesehenen Haken. Alles wirkte ansprechend und aufgeräumt.

Genau gegenüber befand sich eine Küche. Ebenfalls modern eingerichtet, mit glänzenden und weiß beschichteten Fronten, großen Griffen aus Edelstahl und teuren Küchengeräten der Oberklasse, wie Becker feststellte. Auch hier war alles blitzsauber, aufgeräumt und an seinem Platz. Er folgte seiner

Kollegin weiter. Am Ende des Flurs, der wie zwei Schenkel eines Dreiecks spitz zulief, gingen zwei Türen ab. Die rechte stand offen, und Becker warf einen kurzen Blick hinein. Das Wohnzimmer. Schicke Möbel, moderner Stil, Designer Couch. Aufgeräumt. Die andere Türe ging ins Schlafzimmer, das in Sachen Einrichtung ebenfalls keine Überraschungen bereithielt. Alles war durchgestylt und bestimmt nicht im Mitnahmemarkt erhältlich.

Dann sah er die Tote im Schlafzimmer auf dem Bett liegen.

Auch tot war sie schön. Beinahe zu schön. Eine attraktive junge Frau mit blasser Haut. Wenn es ihr gelang, selbst im Tod so anziehend zu wirken, mochte er sich nicht vorstellen, wie es gewesen wäre, ihr lebend zu begegnen.

Doch dafür war es zu spät, jede Chance darauf vertan. Nackt, friedlich und unschuldig sah sie aus, dachte sich der Kommissar, während er sie betrachtete. Die Augen geschlossen, wie wenn sie schlafen würde. Ein entspannter, verträumter Ausdruck lag auf dem Gesicht, als würde sie auf einen Prinzen warten, der sie aus den Träumen küsste. Fast rechnete er damit, dass sie im nächsten Moment die Augen aufschlagen und ihn mit einem schelmischen Lächeln zu sich aufs Bett ziehen würde, nur um ihm zu gestehen, dass ihm die Kollegen mal wieder einen ihrer Streiche gespielt hätten. Doch er wusste, dass das nicht der Fall sein konnte.

Die blonden, etwa schulterlangen Haare waren frisch gewaschen und ordentlich durchgekämmt. Wie Sonnenstrahlen auf das weiße Kissen drapiert, umrahmten sie die klassisch eleganten Züge, die durchaus zu einem Fotomodel passen würden. Trotz ihrer Nacktheit erinnerte viel an das Bildnis eines schlafenden Engels. Die leblosen Arme waren neben dem Körper abgelegt, die Hände auf dem flachen Bauch gefaltet. Sie musste viel Sport getrieben haben, als ihr Herz noch Blut durch diesen drahtigen und trainierten Körper gepumpt hatte. Die Haut war hell wie Alabaster und hatte inzwischen einen leicht grauen Schimmer angenommen.

Das Blitzlicht des Tatortfotografen flackerte kurz auf und tauchte sie für einen kurzen Moment in strahlende Helligkeit. Es war, als würde der Körper eine Sekunde lang in gleißendem Licht erstrahlen, ehe er beginnen würde, sich aufzulösen. Doch einen Augenblick später war es wieder nur eine leblose Hülle, die starr wie eine Puppe dalag.

Sie sah glücklich aus, fand Hauptkommissar Simon Becker. Wie konnte jemand so jung und dennoch tot derart glücklich wirken? Er fand keine Antwort auf die Frage, während er sie einige Zeit betrachtete. Dabei hatte sein Blick nichts Voyeuristisches, sondern war professionell und versuchte, das Detail zu finden, das nicht in diese Komposition des glücklichen Todes passte.

Seine Augen wanderten Zentimeter für Zentimeter über ihre nackte Haut. Vom Kopf über den Hals und die Schultern hinunter zu den Beinen. Nirgendwo waren Spuren von Gewalteinwirkung zu erkennen. Keine sichtbaren Verletzungen, Hautabschürfungen, Kratzer oder Schnitte. Keine Wundmale oder blaue Flecken. Nichts, was auf einen Kampf hindeutete oder nach Gegenwehr aussah. Die Kerzen auf dem Nachttisch waren heruntergebrannt. In der Luft lag nicht der Geruch des Todes, sondern der Hauch eines verführerischen, weiblichen Duftes, eines feinen Parfums, das nicht für 9,99 Euro im Drogeriemarkt zu bekommen war.

Aber etwas störte ihn.

Dann legte sich sein Blick wieder auf die blasse Haut der jungen Frau und scannte den restlichen Körper auf Spuren ab, in der leisen Hoffnung, etwas zu finden, was den vermuteten Selbstmord bestätigte oder eben widerlegte. Nichts. Die Haut schien makellos, keine Einstiche, so sehr er auch suchte, er konnte nichts finden.

Das Dreieck zwischen ihren Beinen war perfekt gestutzt und die kleinen krausen Haare waren ordentlich getrimmt – und dunkel. Das Einzige, was ihm verriet, dass die Frau ihre Kopfhaare blond gefärbt hatte. Aber sonst nichts Auffälliges.

Gut, dann konnte er bald wieder nach Hause und sich hinlegen. Ohne Mord gab es für ihn und seine Leute hier nichts zu tun.

Sein Kopf pochte wie ein altes Hammerwerk, und ein pulsierender Schmerz schlug immer wieder wie eine gewaltige Tsunamiwelle gegen seine Schläfen.

»Was wissen wir?«, fragte er Anja.

»Jule Neumann. Angehende Ärztin. Tochter von Manfred und Sybille Neumann. Ihnen gehören eine Schönheitsklinik und eine Wellnessfarm am Bodensee. Geld spielt also keine Rolle, wie man ja auch in der Wohnung sehen kann. Auf den ersten Blick gibt es keine Anzeichen auf Fremdeinwirken. Aber es fehlen auch Hinweise auf einen möglichen Suizid. Es kann eine natürliche Todesursache gewesen sein, aber um das genau sagen zu können, braucht es noch einige Untersuchungen.«

»Eine Freundin hat sie gefunden?«

»Ja, sie hatte sich gewundert, weil sie sich eigentlich treffen wollten, aber sie sie nicht erreichen konnte. Sie hatte es immer wieder versucht, doch Jule hat sich nicht gemeldet. Das war wohl ungewöhnlich.«

»Angehende Ärztin sagst du?«

»Ja. Derzeit im Klinikum am Oberen Berg beschäftigt.«

Becker zog anerkennend die Augenbrauen nach oben. »Nobel, nobel.«

Das Klinikum am Oberen Berg war eine private Klinik in exponierter Lage am Stuttgarter Killesberg.

»Da haben sicher Papa und Mama nachgeholfen«, sprach Anja aus, was ihm in diesem Moment durch den Kopf schoss.

»Hast du schon mit der Freundin gesprochen?«

»Ja. Sie kennen sich schon lange, haben früher sogar einige Zeit gemeinsam in einer WG gewohnt. Sie ist Journalistin bei so einem linken Blatt, Contrapunkt, etwas älter als Jule.«

Oje, die Konstellation gefiel Becker schon mal überhaupt nicht.

»Ist sie noch hier? Ich würde gerne kurz mit ihr sprechen.«

»Nein, ich habe sie gehen lassen. Aber sie kann heute Mittag auf das Präsidium kommen.«

Becker nickte zustimmend.

»Haben wir Handy, Laptop und was die Jugend heute sonst so alles nutzt?«

»Ja, alles gesichert. Die Kriminaltechniker der Spusi schauen sich alles an.«

»Okay, dann wären wir hier erstmal fertig und lassen die Kolleginnen und Kollegen ihre Arbeit machen, während wir in die Klinik fahren«, sagte Becker, und genau in dem Moment flackerte erneut das Blitzlicht des Tatortfotografen auf, der ihnen entschuldigend entgegenschaute.

*

Hier oben ist es so steril wie in einem OP-Saal, dachte sich Becker, als sie durch den Flur ins Büro des Klinikleiters geführt wurden. Alles war verglast, wollte Transparenz demonstrieren. Doch hinter den Scheiben saßen wie überall Menschen mit starren, angestrengten Gesichtern und gingen stumm ihrer Tätigkeit nach. Der Verwaltungsbereich der teuren Privatklinik unterschied sich dabei kaum von den Büros in Unternehmen oder gar des Kommissariats.

Als sie durch die aufschwingende Eichenholztüre traten, wurden sie von einem großen, kahlköpfigen Mann begrüßt, der ihnen freundlich lächelnd die Hand entgegenstreckte. Seltsam, dass dieses merkwürdige Ritual in Folge der Pandemie noch immer existierte, dachte sich Becker und tippte sich stattdessen lässig an die Stirn.

»Weber, Bernd Weber«, stellte sich der Mann mit einer tiefen Baritonstimme vor. Er überragte Becker, der mit einem Meter achtzig nicht klein war, um gut einen Kopf, sah aber um mindestens zehn Jahre älter aus als der Kommissar. »Ich bin hier der Klinikleiter. Was kann ich für Sie tun? Sind sie wegen des Einbruchs hier?«

Becker warf Anja einen fragenden Blick zu, ehe er antwortete. »Welcher Einbruch?«

»Unser Sicherheitssystem hat in der vergangenen Nacht ein illegales Eindringen in unsere Verwaltungsräume und auch in unser Computersystem registriert. Und natürlich haben wir dann Alarm ausgelöst.«

»Nein, deswegen sind wir nicht hier. Die Kollegen kommen dann sicher später. Die Behörden sind ja quasi Dauergäste.« Becker schmunzelte innerlich über Webers zerknirschtes Gesicht.

Während der Anfahrt hatte sich Anja schnell ein paar Informationen zur Klinik besorgt. Daher wussten sie, dass es keineswegs so selten war, dass die Behörden das Gebäude besuchten. In den letzten Monaten hatten sich Polizei, Staatsanwaltschaft und Finanzbehörden quasi die Klinke in die Hand gegeben. Es waren anonym massive Vorwürfe über Unregelmäßigkeiten und Behandlungsfehler erhoben worden. Die Klinik hatte zwar nach außen beschwichtigt. Aber kaum war etwas Ruhe eingekehrt, hatten die anonymen Quellen nachgelegt.

Allerdings sahen weder Anja noch Simon Becker zum jetzigen Zeitpunkt einen möglichen Zusammenhang zwischen dem Todesfall von Jule Neumann und den vermeintlichen Machenschaften der Klinik. Sie konnten ihn aber genauso wenig ausschließen. Zwar war Wirtschaftskriminalität kein Delikt, das in ihre Zuständigkeit fiel, das wusste Weber, doch vielleicht unterschätzte er die Zusammenarbeit zwischen den einzelnen Dezernaten und Behörden, wenn es darum ging, kriminelle Machenschaften auszutrocknen.

»Kennen Sie Jule Neumann?«, fragte Anja, als sie sich in die bequemen und sicher sündhaft teuren Ledersessel gesetzt hatten, obwohl sie die Antwort schon kannten.

»Ja natürlich. Sind Sie wegen ihr hier? Hat sie etwas angestellt?«

»Wie kommen Sie darauf?«

»Ich weiß nicht. Nur so, weil Sie nach ihr fragen.«

»Und?«, bohrte Anja.

»Ich habe zusammen mit ihren Eltern Manfred und Sybille studiert. Wir sind noch immer befreundet und treffen uns regelmäßig. Als klar war, dass Jule Medizin studiert, war es selbstverständlich, dass sie auch zu uns kommt. Aber warum fragen Sie? Ist etwas mit Jule?«

Becker überhörte die Frage. »Was hat Jule hier im Haus gemacht?«

»Sie war hauptsächlich in der medizinischen Abteilung eingesetzt, schließlich studiert sie ja Medizin und wird sicher eine tolle Ärztin, eine mit viel Einfühlungsvermögen.«

»Woanders wurde sie nicht eingesetzt?«, wollte Becker es genau wissen.

»Doch, doch. Ihren Eltern war es natürlich auch wichtig, dass sie Einblicke in die kaufmännischen Bereiche bekommt. Schließlich dürfte sie ja irgendwann einmal die Leitung der Neumann-Klinik übernehmen. Deshalb war sie für ein paar Wochen hier oben bei uns im Verwaltungsbereich.«

»Was genau waren ihre Aufgaben?«

»Warum fragen Sie? Das Übliche, nichts Besonderes. Verwaltungssachen, Finanzen, Bilanzen und dergleichen. Gesundheit ist schließlich heutzutage ein großes Geschäft. Aber das müssten Sie schon bei der Ausbildungsleitung erfragen, wenn Sie es detailliert haben möchten.«

»Das werden wir, wenn Sie uns bitte die zuständigen Personen nennen würden.«

Weber kritzelte etwas auf einen Block, riss das oberste Papier ab und reichte es Anja herüber.

»Frau Neumann wurde heute früh tot in ihrer Wohnung gefunden«, sagte sie. »Bis die genauen Details zur Todesursache geklärt sind, ermitteln wir im Umfeld.«

Weber starrte sie ungläubig an. Sein Mund stand offen. Es dauerte einige Sekunden, bis er sich zu einer Reaktion durchringen konnte. »Was? Was sagen Sie da?«

Becker meinte, sowas wie echte Trauer im Gesicht von Weber zu sehen. War sie womöglich mehr als nur die Tochter eines Freundes gewesen?

»Wie würden Sie Jule beschreiben?«

»Sie war ein lebensfroher Mensch, meist gut gelaunt. Natürlich ist sie auch behütet und in Watte gepackt aufgewachsen, aber ihren Mitmenschen begegnete sie ohne jegliche Arroganz. Im Gegenteil, eigentlich war sie eher ein etwas zurückgenommener Mensch, vielleicht sogar etwas schüchtern.«

»Wie gut kannten Sie Jule?«, wollte Anja dann wissen.

»Was meinen Sie?«

»Wir interessieren uns einfach für die Tote und deren Umfeld.«

»Wenn Sie denken, ich hätte eine Beziehung mit der Tochter eines meiner besten Freunde, dann muss ich Sie leider enttäuschen. Ich bin seit vielen Jahren glücklich verheiratet.«

Das musste nichts bedeuten, wie Becker und seine Kollegin nur zu gut aus anderen Ermittlungen wussten. Oft war eine gleichtönige und langjährige Beziehung oder Ehe sogar der Auslöser für eine prickelnde Affäre. Aber es würde wenig Sinn machen, jetzt nachzuhaken.

»Hatte sie Feinde, Streit mit irgendjemanden?«

»Nein, nicht dass ich wüsste. Jule war nicht der Typ Mensch, mit dem man sich stritt. Sie war um Ausgleich bemüht.«

»Und wissen Sie, ob es jemanden gab in ihrem Leben?«

»Sie meinen, wenn ich es schon nicht war?«

»Ich meine noch gar nichts. Ich frage nur«, gab Becker mit gereiztem Unterton zurück.

Weber wurde etwas kleinlauter. »Nein. Ich habe schlicht keine Ahnung. Ich interessiere mich weder für das Liebesleben unserer Beschäftigten noch für das der Kinder meiner Freunde. Ich habe eine Klinik zu leiten.«

Damit gab er ihnen zu verstehen, dass er noch andere Dinge zu tun habe. Aber für den Moment hatte Becker keine Fragen mehr. Er warf Anja einen kurzen Blick zu, und ihr Ausdruck sagte ihm, dass es ihr genauso ging.

Sie bedankten sich, baten Weber, sich zu melden, wenn ihm noch irgendetwas einfallen würde. Dann brachte sie seine Sekretärin nach unten.

*

»Aalglatt der Typ, oder?«, meinte Becker, als sie auf dem Weg zum Auto waren.

»Der würde auch einen guten Politiker abgeben.«

»Ich glaube, er hat sie gevögelt. Und wenn nicht, dann hätte er es zumindest gerne. Von wegen glücklich verheiratet. Hast du dir seine Sekretärin angeschaut? Der steckt doch voll in der Midlife Crisis.«

»Neidisch?«, fragte Anja neckisch.

Becker lenkte auf ein anderes Thema. »Hat eigentlich irgendjemand schon den Eltern Bescheid gesagt?«

»Ja, das haben wir veranlasst. Die Eltern kommen noch heute nach Stuttgart.«

»Okay, dann sollten wir vielleicht auch kurz mit ihnen sprechen. Aber jetzt will ich erst mal hören, was die Journalistin zu sagen hat. Wie heißt sie noch mal?«

»Emma Berg.«

Bei dem Namen klingelte irgendetwas bei Becker. Aber er konnte vor lauter Kopfschmerzen nicht klar denken, kramte seine Tablettenblister aus der Tasche, drückte zwei heraus, warf sie in den Mund und würgte sie mit sichtlicher Anstrengung ohne Wasser hinunter. Aber er konnte nicht warten, bis er etwas zu trinken hatte.

*

Im Präsidium wartete Emma Berg in einer kleinen Sitzgruppe auf dem Flur, vor sich einen Becher Kaffee. Sie war vielleicht zehn Jahre älter als Jule. Die dunklen Haare waren zu einer frechen Kurzhaarfrisur geschnitten, um die braunen Rehaugen war ein dezenter Schatten geschminkt.

Sie begrüßten sich und gingen dann zu dritt in Beckers Büro. Dort lagen einige Unterlagen auf seinem Schreibtisch. Darunter die ersten Berichte vom Tatort und die Bilder des Fotografen. Er würde sich später alles anschauen. Bisher wusste er ja nicht einmal, ob es überhaupt einen Fall gab. Andererseits waren meist die ersten vierundzwanzig Stunden entscheidend, weshalb sie die Zeit bis zur genauen Klärung der Todesumstände nutzten, um zumindest vorläufige Ermittlungen aufzunehmen. Anja besorgte ihnen frischen Kaffee, dann starteten sie die Befragung.

Becker begann mit einer kurzen Einleitung. »Frau Berg, vielen Dank, dass Sie sich die Zeit nehmen. Sie haben heute in den Morgenstunden Jule Neumann tot aufgefunden. Zur genauen Todesursache lässt sich momentan noch nichts Endgültiges sagen, aber der Bericht der Gerichtsmedizin dürfte in Kürze da sein und weiteren Aufschluss geben. Es handelt sich also hier lediglich um eine Routinebefragung, bis wir Gewissheit haben, wie Frau Neumann zu Tode gekommen ist.«

Berg nickte.

»In welchem Verhältnis standen Sie zu Frau Neumann?«

»Wir kannten uns schon länger. Sie ist vor sieben, nein, eher acht Jahren nach Stuttgart gekommen. Damals habe ich noch in einer WG gewohnt, und sie war eine Zeit lang meine Mitbewohnerin. Obwohl sie einiges jünger war, haben wir uns sofort gut verstanden. Daraus ist eine Freundschaft entstanden, die auch gehalten hat, nachdem jede von uns eine eigene Wohnung hatte.«

»Frau Neumann kommt aus einem sehr gut situierten Haus. Warum ist sie damals in eine WG gezogen?«

»Sie machte sich nichts aus dem Geld ihrer Eltern. Sie wollte etwas vom echten Leben schnuppern, eine normale Studentin sein. Keines dieser reichen Girlies, die nur studieren, um die Jahre bis zum fetten Erbe herumzubringen.«

Während Emma Berg redete, fiel Becker plötzlich wieder ein, woher er ihren Namen kannte. Sie hatte vor ein paar Jahren mit der Recherche rund um ein Attentat auf Willy Brandt für Furore gesorgt. Seither hatte sie sich zu einer angesehenen Investigativjournalistin gemausert.

»Hatte sie einen Freund?«

»Nein, nicht dass ich wüsste. Ihr Liebesleben war eher ein Trauerspiel, wenn ich das so salopp sagen darf. Sie hatte mal einen Freund. Aber seit diese Beziehung irgendwann in die Brüche gegangen ist, war Funkstille in dieser Hinsicht. Sie hatte mir neulich mal erzählt, dass sie sich auf einem dieser Dating-Portale angemeldet hat und sich vielleicht auch mal mit jemandem treffen wollte. Aber mehr weiß ich nicht, wir haben uns danach nicht mehr gesprochen.«

»Warum?«

»Sie hatte zu tun, und ich bin gerade ziemlich intensiv mit einer Recherche beschäftigt.«

»Darf ich fragen, mit welcher? Nur aus Neugier?«, warf Anja ein.

»Ja, das dürfen Sie in diesem Fall. Und Sie bekommen sogar ausnahmsweise eine Antwort von mir.«

Becker und Anja warfen der Journalistin gespannte Blicke zu, sagten aber nichts.

»Ich recherchiere zu den Unregelmäßigkeiten im privaten Klinikum am Oberen Berg. Die Klinik, in der Jule derzeit beschäftigt war, wie Sie ja sicher schon wissen.«

Beide nickten nur stumm. Becker sah keinen Grund offenzulegen, dass sie mit dem Klinikchef gesprochen hatten.

»Sehen Sie da etwa einen Zusammenhang?« fragte Becker

nach einiger Zeit, als er den Eindruck hatte, mehr würde Emma Berg im Moment nicht sagen.

»Möglich ist alles. Die Chefetage hat definitiv Dreck am Stecken. Und ich habe bei Recherchen zu anderen Themen schon oft erlebt, wozu Menschen plötzlich fähig sind, wenn man ihnen und ihren Machenschaften nachspürt und auf die Schliche kommt. Da ist plötzlich ein Menschenleben nicht mehr viel wert.«

»Das ist starker Tobak«, merkte Anja an.

Emma Berg machte ein unschuldiges Gesicht und zuckte mit den Schultern.

»War Jule Neumann etwa Ihre Informantin?«, schoss Becker dann eine Frage ins Blaue ab.

»Nein. Definitiv nicht. Erstens hätte ich sie nie in einen daraus resultierenden Gewissenskonflikt stürzen wollen. Andererseits war sie auch viel zu weit weg, hatte zu wenig Einblick in die Geheimnisse der Klinik.«

Das klang glaubhaft. Zumindest für den Moment.

»Aber wo könnte dann der Zusammenhang bestehen, den Sie ja auch indirekt andeuten?«

»Indem andere auf genau dieselbe Frage kommen, die Sie mir eben gestellt haben: War Jule womöglich meine Informantin?«

*

»Was denkst du?«, wollte seine Partnerin von Becker wissen, nachdem Emma Berg gegangen war.

»Sie ist Journalistin. Ich glaube nicht, dass sie uns Jule Neumann als ihre Quelle nennen würde, selbst wenn sie es war.«

»Ja. Doch eigentlich macht es keinen Unterschied. Sie ist tot. Und wenn sie die Quelle gewesen wäre, würde das doch

Bergs Theorie eher untermauern. Denn wenn die Neumann ihre Quelle gewesen wäre, dann hätte jemand von denen aus der Klinikleitung vielleicht ein Motiv.«

»Ach, ich weiß nicht. Ist mir zu weit hergeholt«, sagte Becker und nahm sich die auf der Schreibtischplatte liegenden Mappen vor.

»Was ist das denn für ein Mist«, grollte er kurz darauf, nachdem er sich die Bilder vom vermeintlichen Tatort angeschaut hatte. Die waren alle zu dunkel, hatten seltsame Ausschnitte und waren insgesamt unbrauchbar. »Sag mal, war das ein neuer Fotograf heute in der Wohnung?«

Anja nickte. »Warum?«

»Weiß der, was er tut? Oder ist der blind?« Er hielt ihr einige der Fotos hin. »Und warum hat er sie nicht einfach gemailt?«

»Ich weiß es nicht. Aber Kalle von der Spusi kannte den Kollegen.«

»Na dann«, brummte Becker und brachte sein Vertrauen in Kalles Menschenkenntnis deutlich zum Ausdruck. »Damit können wir jedenfalls nichts anfangen. Hoffen wir mal, dass das Mädchen am Ende doch an einer natürlichen Ursache gestorben ist und den Fotos vom Tatort keine Relevanz zufällt. Sonst, ja sonst sind wir am Arsch.« Becker sah, wie Anjas Gesicht einen seltsam fragenden Ausdruck annahm. Er machte eine kurze Pause, weil ihm deutlich wurde, wie pietätlos sich das anhörte. Dann fügte er hinzu: »Wobei sie ohnehin viel zu jung war, um zu sterben.«

»Wir schauen nachher mal bei ihm vorbei«, meinte Anja dann nachsichtig.

*

Als die Eltern im Leichenschauhaus die leblose Hülle ihrer toten Tochter liegen sahen, wurden sie ebenso blass wie die Verstorbene. Die Mutter fiel regelrecht in die Arme ihres Mannes, der sie nur mit allergrößter Mühe auf den Beinen halten konnte. Becker eilte zu ihm hinüber und gemeinsam bugsierten sie sie zu einem an der weiß gefliesten Wand stehenden Stuhl.

Der Körper von Sybille Neumann zitterte und bebte. Die Tränen schossen in Sturzbächen aus den Augen, die dunkle Schminke schwamm in schwarzen Streifen über die Wangen bis zum Kinn hinunter, wo sie mit dem Rotz aus der Nase zu einer zähen, flüssigen Masse verklebten.

Becker konnte den Blick nicht abwenden von dem teuren Gesicht. Insgeheim fragte er, was davon original war.

Ihr Mann kniete neben ihr und versuchte, sie zu beruhigen, während das Stanzwerk in Beckers Kopf langsam wieder an die Arbeit ging.

Eine Stunde später saßen ihm beide in seinem Büro gegenüber. Er hatte angeboten, das Gespräch zu verschieben und am nächsten Tag zu führen. Doch die Neumanns hatten darauf bestanden, direkt nach der Leichenbeschau seine Fragen beantworten zu wollen. Anja war inzwischen dazu gekommen und hatte sich seitlich an seinen Tisch gesetzt, nachdem sie sich kurz vorgestellt hatte. Statt dem üblichen Kaffee standen eine Karaffe mit Wasser und vier Gläser auf dem Tisch. Becker hätte jetzt auch gegen etwas Stärkeres nichts einzuwenden gehabt.

Er begann das Gespräch, indem er einmal alle bisher bekannten Fakten so kurz wie möglich zusammenfasste. Die trauernden Eltern hörten schweigend zu. Der Vater wirkte äußerlich gefasst, doch seine Bewegungen waren fahrig, sein

Blick leer. Daraus schloss Becker, dass er seine Emotionen zügelte und stumm um seine Tochter trauerte.

»Was können Sie uns über Ihre leider verstorbene Tochter sagen? Gibt es etwas, das wir ihrer Meinung nach wissen sollten?«

»Sie war ein gutes Mädchen«, begann er zögernd. »Zielstrebig. Zufrieden. Ein Selbstmord ist ausgeschlossen. Das hätte sie nie gemacht.« Manfred Neumann sah Becker in die Augen, und sein Blick sagte, dass es an seiner Aussage keinen Zweifel geben könne.

»Wie kam sie mit ihrer Arbeit in der Klinik am Oberen Berg zurecht?«

»Was meinen Sie? Sie ging gerne dort hin. Warum?«

»Wie war ihr Verhältnis zum Klinikleiter?«

Neumann sah ihn skeptisch an, dann kurz zu Anja und wieder zu Becker. »Weber ist ein alter Freund von mir. Ich ahne aber, worauf Sie anspielen. An den Vorwürfen gegen die Klinik ist mit Sicherheit nichts dran. Und selbst wenn, meine Tochter hatte nichts damit zu tun.« Die Entschlossenheit in seiner Stimme war die eines Mannes, der es gewohnt war, dass er das Sagen hatte.

Es klopfte, und nachdem Becker »Ja, herein!« gerufen hatte, öffnete sich die Türe. Ein Kollege von der KTU hielt ihm eine Mappe entgegen und meinte nur knapp: »Das solltest du dir anschauen, Simon.«

Becker nickte, während Anja aufgestanden war und nun an seiner Seite stand.

»Bitte entschuldigen Sie, nur einen kleinen Moment.«

Neumann nickte, seine Frau schien ohnehin nicht im Raum anwesend zu sein, obwohl sie zusammengesunken auf den Stuhl neben ihm saß.

Er öffnete die Mappe so, dass nur er und Anja den Inhalt sehen konnten. Er überflog kurz die Zeilen des ersten Blattes, legte es umgedreht weg und las die Berichte der folgenden Seite. Becker hoffte, dass ihm die Überraschung nicht allzu sehr ins Gesicht geschrieben war. Er zog die Augenbrauen hoch und klappte die Mappe wieder zu. Anja warf ihm einen fragenden Blick zu. Da hatten sie gleich einiges zu besprechen. Doch zuerst mussten sie das Gespräch mit den Eltern beenden.

»Gab es irgendwelche Auffälligkeiten in der Gesundheit ihrer Tochter?«, fragte Anja, als sie einen leicht ungeduldigen Blick von Manfred Neumann auffing.

»Ja«, meinte Neumann. »Sie kam mit einem angeborenen Herzfehler auf die Welt. Leider. Deshalb waren wir ja dagegen, dass sie Ärztin wird. Und wir fanden, dass sie es mit dem Sport übertrieben hat. Aber da hat sie nicht auf uns gehört. Die Ausbildung ist purer Stress und wir hatten Sorge, dass sie, oder besser gesagt, dass ihr Herz das nicht bewältigen kann. Aber sie hat ihren Kopf durchgesetzt. Sie war schon immer dickköpfig. Das hat sie von mir, wie ich leider eingestehen muss. Im Zweifel mit dem Kopf durch die Wand.«

Sie sahen, wie er mit den Tränen kämpfen musste, als ihm bewusst wurde, dass er sich nie wieder über den Dickkopf seiner Tochter ärgern konnte.

Becker sah, wie die Mutter nach der Hand ihres Gatten griff. Dann fragte sie mit zittriger Stimme: »War das die Todesursache? Hat ihr Herz versagt?«

»Dazu können, dazu dürfen wir leider zum derzeitigen Stand der Ermittlungen keine Aussage treffen«, sagte Anja.

»Moment mal«, meinte Neumann. »Sie ermitteln? Dann kann es auch Mord gewesen sein?«

»Wie gesagt, im Moment können wir dazu nichts sagen«, wiederholte Becker.

*

Emma Berg lehnte an der Wand. Vor ihr stand Weber, ein großer glatzköpfiger Mann und stierte auf sie hinunter.

»Was wird das?«, fragte die Journalistin in einem Ton, der ein großes Selbstbewusstsein verriet und ihre innere Unruhe lässig überspielte.

»Das können Sie nicht machen«, brüllte ihr der Mann entgegen und feine Speicheltröpfchen stoben dabei durch die Luft.

»Was? Was mach ich denn, weshalb Sie mich hier mitten in der Stadt angreifen?« Sie war aus einem Café unweit der Redaktion gekommen, als der Mann auf sie zugestürmt war und sie in einen kleinen Hof gezerrt hatte.

»Diese Lügen verbreiten. Über das Klinikum. Über mich. Über Jule. Das dürfen Sie nicht.«

»Welche Lügen? Und schon mal was von Pressefreiheit gehört? Wir sind da, um Leuten wie Ihnen auf die Finger zu klopfen. Das tut weh, ja. Das soll es ja auch.« Sie sah ihm trotzig entgegen, während er mit der flachen Hand auf die Wand neben ihrem Kopf schlug.

»Du hast sie doch gefickt. Die Tochter deines besten Freundes«, meinte Emma Berg dann herausfordernd, bewusst zum Du wechselnd.

»Nein«, rief er. Doch seine Augen sagten etwas anderes.

»Und ihr hinterzieht Steuern, macht Scheingeschäfte mit zahlungskräftigen Kunden, rechnet überhöhte Behandlungen ab und was weiß ich noch alles.«

»Nein. Das können Sie nicht beweisen.«

»Oh doch. Ich habe die nötigen Beweise. Ich habe eine Kopie Ihrer Festplatte und Ihrer verschlüsselten Cloud-Daten. Blöd, wenn man das Geburtsdatum der jungen Geliebten als Passwort nimmt.«

»Das können Sie nicht verwenden, das ist illegal.«

Emma Berg zuckte nur lässig mit den Schultern. »Das lass mal meine Sorge sein«, sagte sie dann, stieß sich von der Wand ab und tauchte unter Webers Arm durch. Er versuchte, ihren Arm zu packen, doch Emma Berg wand sich geschickt, sodass der Klinikleiter ins Leere griff.

»Hast du sie auch getötet? Erst gefickt, dann getötet?«, fragte Berg absichtlich provokant. »Ich glaube, ja. Und das wird die Öffentlichkeit bald erfahren. Verlass dich drauf«, gab sie gleich darauf ihre Antwort auf die Frage, ehe er etwas sagen konnte. Dann verschwand sie schnell in einer Seitenstraße.

*

»Du hast sie gedatet? Und nichts gesagt?«

Becker schäumte vor Wut, als er Max Schröder in dessen kleiner Kammer, die ihm als Büro im Präsidium zur Verfügung stand, gegenüberstand.

Anja fuhr Schröder an: »Du bist Phil222.«

Schröder sah betreten zu Boden. Dann nickte er zögerlich. »Ja.«

»Was? Ich kann nichts hören«, knurrte Becker stinkig.

»Ja, ich bin Phil222.«

»Das geht nicht«, mischte sich jetzt Anja wieder ein. »Das hättest du sagen müssen.«

Becker raunte ergänzend. »Du kannst nicht im Rahmen von polizeilichen Ermittlungen Bilder von einem möglichen

Opfer an einem vermeintlichen Tatort machen, mit dem du noch ein paar Stunden davor intim warst.«

Schröders Schultern sanken weiter Richtung Boden, als es bei dem schlaksigen Kerl ohnehin der Fall war.

»Ich weiß. Ja, ich weiß doch. Da habe ich echt Mist gebaut«, sagte er dann kleinlaut und schien dabei ein wenig zu schrumpfen.

»Dachtest du, wir kommen da nicht drauf, oder was? Ihr habt telefoniert. Auf ihrem Handy waren Nachrichten, die an dich gingen«, meinte Becker kopfschüttelnd und tippte sich mit dem rechten Zeigefinger an die Stirn. »Wie doof kann man denn sein. Mann, du arbeitest für unseren Verein. Du weißt doch, welche Daten wir auswerten und was wir uns anschauen.«

Der KTU war aufgefallen, dass zwischen der Nummer der Toten und einer anderen Handynummer und den damit verknüpften Kommunikationskanälen seit einiger Zeit zahlreiche Nachrichten hin und hergegangen waren. Und diese Nummer war die private Handynummer von Max Schröder.

»Du weißt schon, dass du jetzt zum Kreis der Verdächtigen gehörst, wenn es keine natürliche Todesursache war?«, meinte nun wieder Anja.

»Also, was genau ist passiert?«, wollte Becker wissen.

»Kann ich mich setzen?«, fragte Schröder. Beide nickten, da der Tatortfotograf aussah, als würden ihn seine Beine nicht mehr lange tragen wollen.

Dann begann er zu erzählen. »Wir haben uns über so eine Dating-App kennengelernt. Vor ein paar Wochen. Das ging immer so hin und her. Wir waren uns sympathisch. Und gestern haben wir uns dann zum ersten Mal getroffen.«

»Erstes Date und gleich Sex gehabt?«, wollte Anja wissen.

Schröder wurde noch verlegener, als er ohnehin schon war. Er schlug die Hände vors Gesicht, fuhr sich dann durch die Haare und stammelte: »Ja.«

Anja zog die Augenbrauen hoch. »Wo?«

»Bei ihr in der Wohnung?«, hakte Becker nach.

»Nein. Bei mir. Sie ist danach gegangen. Das muss so gegen ein Uhr gewesen sein. Da war sie aber echt noch putzmunter. Ich bin auch bald ins Bett, war ja schon spät. Dann kam heute Früh der Anruf und als ich sie dort liegen sah, bin ich selber erschrocken. Und dann, dann wusste ich einfach nicht, was ich tun sollte. Ich weiß, das war falsch, totaler Mist.«

*

In Beckers Büro saßen sich Anja und er kopfschüttelnd gegenüber.

»Glaubst du seine Geschichte?«, wollte Becker wissen.

»Warum sollte er uns anlügen? Er ist ein Kollege und hat Mist gebaut.«

»Seit wann ist er bei uns?«

»Schon ein paar Monate. Warum bist du so misstrauisch?«

Becker zögerte einen Moment. »Es gab vor ein paar Jahren in den USA mal einen Fall, bei dem auch eine junge Frau getötet worden war. Alles sah nach einer natürlichen Todesursache aus, und der Täter war am Ende einer, den niemand im Verdacht hatte: der Tatortfotograf. Und wie sich hinterher herausgestellt hat, war das nicht sein einziges Opfer.«

»Ach komm, Simon. Der Schröder und ein Mörder? Oder gar ein Serienkiller?« Anja lachte kurz auf, und Becker verzog das Gesicht. »Hast du den Kerl vorhin beobachtet? Der hat sich doch fast in die Hosen gemacht.«

Becker hatte mit der Reaktion gerechnet. Aber konnten sie ihn als Täter ausschließen, wenn ein Tötungsdelikt vorliegen sollte?

»Wann kommt eigentlich der verdammte Bericht aus der Gerichtsmedizin?«, wollte er plötzlich wissen.

»Die sind überlastet, wie immer.« Sie zögerte kurz. »Aber siehe da, kaum mosert der Chef, kommt er auch schon.« Sie tippte auf ihrem Laptop, den sie auf dem Schoß hatte, und rief das Dokument auf.

Becker sah sie mit erwartungsvoller Miene an. »Und?«

»Jetzt sei nicht so ungeduldig«, schnarrte sie, während sie den Befund überflog. »Todesursache war ein Herzstillstand.«

»Ausgelöst von ihrer angeborenen Herzerkrankung?«

»Nein.«

Becker verdrehte die Augen. »Das habe ich befürchtet.«

»Es war in jedem Fall keine natürliche Todesursache. Man hat eine kaum erkennbare Einstichstelle an ihrem Hals oberhalb des Haaransatzes gefunden. Zudem waren in ihrem Blut Rückstände eines Methamphetamins gefunden worden. Das hat laut dem vorläufigen Bericht sehr wahrscheinlich zum Herzstillstand beigetragen – oder ihn zumindest befördert.«

»Sonst noch was?«

»Ja. Sie hatte vor ihrem Tod Geschlechtsverkehr.«

»Ja, das wissen wir doch. Mit Max alias Philli-Boy-Lover«, ätzte Becker.

»Nein. Wohl noch mit jemanden. Sie wurde vergewaltigt. Aber der Täter war leider klug genug, ein Kondom zu benutzen.«

»Also gut, dann sollten wir schnellstmöglich mit Schröder, Weber, Neumann und auch dieser Berg reden. Es geht jetzt immerhin ganz offiziell um einen Mord.«

*

Schon wieder wurde Emma Berg von einem Mann bedrängt. Das wurde langsam zur lästigen Gewohnheit, wie sie fand.

Der Mann drückte sie mit seiner ganzen Kraft gegen das Geländer auf dem Dach der Stadtbibliothek. Er war aus dem Nichts aufgetaucht, als sie gerade zur Treppe und wieder nach unten gehen wollte, hatte sie gepackt, ans Geländer gezerrt und versucht, sie darüber zu hieven. Doch Emma Berg hatte die Schrecksekunde schnell verwunden und sich gewehrt.

Zum Glück wusste sie wie, da sie ja mehrere ähnliche Gefahrensituationen bereits erlebt hatte. Als sie jetzt für einen kurzen Augenblick in das Gesicht des Mannes schauen konnte, erkannte sie ihn wieder. Es war der Mann im dunklen SUV, der sie so angestarrt hatte, als sie sich die Daten von Webers Rechner in den Büros der Klinik am Oberen Berg besorgt hatte. Sie war sich plötzlich sicher, auch wenn sie ihn in der Nacht nicht so genau erkannt hatte. Er war es.

Und jetzt hatte dieser Mann vor, sie zu töten. Kurz nachdem Weber sie hatte einschüchtern wollen.

Emma Berg giftete. »Lassen Sie mich los.« Dann versuchte sie, ihre Arme aus dem Schraubzwingengriff seiner Hände zu befreien.

Um diese Zeit war sie normalerweise alleine auf der Dachterrasse der Stadtbibliothek. Das mochte sie. Doch heute hasste sie den Gedanken. Ihr Blick huschte für einen Moment nach hinten, und sie sah die Tiefe vor sich, in die sie bald stürzen würde, wenn nicht ein Wunder geschah.

»Ich sorge dafür, dass es bald eine lästige Schmeißfliege weniger gibt.«

Er verstärkte den Druck weiter, zog und schob gleichzeitig. Er war wesentlich größer und kräftiger als Emma, die fieberhaft überlegte, wie sie die wenigen Sekunden, die ihr bis zum Freiflug bleiben würden, nutzen konnte, um ihre Leben zu retten.

»Für wen tun Sie das? Ich kenn Sie überhaupt nicht.« Sie versuchte, Zeit zu schinden.

»Für Menschen, die mich gut bezahlen, damit ich keine Fragen stelle und erledige, was sie mir auftragen. Und jetzt halt die Klappe.«

Er drückte sie nach oben, und sie spürte, wie ihr Hintern die Oberkante des Geländers berührte. Gleich hatte er es geschafft, und sie würde in die Tiefe rauschen. Emma krallte sich mit einer Hand am Geländer fest und begann, heftig mit den Beinen zu treten.

»Du hast auch Jule umgebracht, stimmt`s?«, kreischte sie jetzt. »Für Weber, die Drecksau.«

Der Mann hielt kurz inne und schaute sie an. »Was interessiert dich das noch? Kannst es ohnehin gleich niemandem mehr erzählen.«

»Also stimmt es. Ich habe recht. Du bist Jules Mörder.« Emma verwendete jetzt bewusst das Du, warum sollte sie auf Förmlichkeiten Rücksicht nehmen?

»Ja. Und deiner auch. Und soll ich dir was sagen: Es ist mir egal.« Er grinste fies. »Und du, du gehst mir auf die Nerven.«

Als er sprach, hatte der Druck für einen Moment nachgelassen. Genau darauf hatte Emma gewartet. Sie trat mit voller Wucht in seine Weichteile, woraufhin es ihr gelang, einen Arm freizubekommen. Ihr nächster Tritt traf ihn in den Bauch und ein weiterer an der Schulter, sodass er das Gleichgewicht verlor und vom Treppenabsatz aus die metallenen Gitterstufen hinunterstürzte, wo er reglos liegen blieb.

*

Becker betrachtete den blutenden Mann, als ein Sanitäter neben ihn trat. Die Hände des Mannes waren mit Kabelbindern auf den Rücken gefesselt. Neben ihm standen zwei uniformierte Beamte.

Becker ging weiter über die Treppen nach oben. Dort hockte Emma Berg. Sie hatte sie gerufen und gesagt, sie habe den Mörder von Jule und wisse, wer dahinterstecke.

»Frau Berg. Wie geht es Ihnen?«, fragte Anja.

»Alles gut. Danke.« Sie stand auf und wischte sich die Hände an der schwarzen Jeans ab.

»Und das soll also der Mörder sein?«, meldete sich Becker zu Wort.

»Er hat Jule im Auftrag von Peter Weber getötet. Warum genau, das herauszufinden ist Ihre Aufgabe. Sein Geständnis haben Sie hier drauf. Aufgenommen, während er versucht hat, mich vom Dach zu werfen.« Emma Berg holte ihr iPhone aus der Gesäßtasche ihrer Hose, wischte kurz über den Bildschirm und hielt ihnen das Gerät dann entgegen. »Als er mich angegriffen hat, ist die Diktierfunktion gerade gelaufen, da ich gerne Notizen und Gedanken drauf spreche. Ein glücklicher Zufall. Ich schicke Ihnen die Aufnahme.«

»Mit den Gedanken und Notizen?«, fragte Becker mit einem Grinsen.

»Wohl kaum«, meinte die Journalistin und grinste ebenso breit.

»Was wollte der Mann eigentlich von Ihnen? War Jule doch die Informantin?«

»Nein. Meine Quellen werden Sie nicht erfahren. Sie war es jedenfalls nicht. Aber sie sitzen dort, wo auch die Informationen zu finden sind, mit denen ich demnächst einen der größten Betrugsskandale im Klinikwesen aufdecken werde. Sie können sich darauf freuen.«

»Aber nochmal: Warum hat er Sie angegriffen?«

»Weil ich zu viel weiß. Und weil ich Weber auf die Schliche gekommen bin. Er hat mich erst heute bedroht, aber ich lasse mich nicht einschüchtern. Das hat ihm wohl Angst gemacht, und er hat den Typen von der Leine gelassen.«

*

Am nächsten Morgen überschlugen sich die Ereignisse, schon bevor Becker den ersten Kaffee getrunken hatte.

Der Richter hatte nicht nur Haftbefehl gegen den vermeintlichen Mörder von Jule Neumann erlassen, sondern auch gegen Peter Weber.

Denn der Mörder hatte nicht lange gezögert und seinen Auftraggeber belastet, als der Staatsanwalt ihm signalisiert hatte, dass dies von Vorteil für das Strafmaß sein konnte. Daraufhin waren sie los, um Weber zu verhaften. Doch bis sie dort angekommen waren, hatten sie nur seinen Leichnam vorgefunden.

Er hatte sich kurz zuvor eine Kugel durch den Kopf geschossen.

Denn was Becker und Anja erst hinterher erfuhren, war, dass Emma Berg einen großen Artikel in der Zeitung hatte, der praktisch das Ende der Klinik am Oberen Berg bedeutete. Sie hatte minutiös in einer Seite-Drei-Geschichte alle dunklen Geschäfte benannt. Summen, die in die Millionen gingen und auf betrügerische Art und Weise am Fiskus vorbei geschleust worden waren. Und das über Jahre. Sodass Weber gleich wegen mehrerer Verbrechen angeklagt und höchstwahrscheinlich verurteilt worden wäre. Für ihn hätte es keine Alternative zum Knast gegeben, da war sich Becker absolut sicher.

»Wahnsinn, Wahnsinn«, brummte er und warf sich die ersten zwei Tabletten des Tages ein. Der Fall war gelöst, und er musste unbedingt zum Arzt, sich wegen seiner Kopfschmerzen untersuchen lassen.

ENDE

Die Autoren

hinter den

Crime Stories

Jochen Bender

Jochen Bender forschte als Psychologe bei den Kriminalisten, arbeitete im Knast und unterstützte die Polizei bei Amok-Übungen. Schreiben ist sein Weg, sich kreativ mit der Welt in all ihren Facetten auseinanderzusetzen. Seine Markenzeichen sind spannende Unterhaltung, ausgereifte Charaktere, ein flüssiger Schreibstil und kunstvoll ineinander verflochtene Erzählstränge.

Seinen ersten Roman schrieb er noch als Student, 2007 wurde erstmals ein Roman von ihm veröffentlicht, dem 2011 sein erster Krimi folgte. Nach einigen Kurzgeschichten, einem dystopischen Roman und zehn Schwaben-Krimis wagte er sich literarisch an die Ostsee.

Bibliografie:

- Die Hanseatin (2007) Frieling Verlag / Berlin
- Blinde & Gangsta (2011) beim Iris Förster Verlag / Waiblingen
- Dienstage & Silvester (2012) beim Iris Förster Verlag / Waiblingen
- Tödlicher Handel (2013) bei Oertel + Spörer / Reutlingen
- Ein feiges Attentat (2014) bei Oertel + Spörer / Reutlingen
- Die Millionen von Neresheim (2015) bei Oertel + Spörer / Reutlingen
- An der Kante (2016) bei Oertel + Spörer / Reutlingen
- Fenstersturz (2017) in „Hessens beste Kurzgeschichten" Cocon Verlag / Hanau
- Eine Leiche hinterm Deich (2017) Hörmordkartell / Melle
- Ein köstliches Gesöff (2017) Hörmordkartell / Melle
- Schwabenflucht (2017) BOD / Norderstedt
- Der GinKönig muss sterben (2018) bei Oertel + Spörer / Reutlingen
- Tod auf Burg Rodenstein (2018) in der Anthologie „Mords Burgen und Schlösser"
- Immer wieder sonntags (2018) im Literaturmagazin „Zugetextet"
- Der Delfin im Baggersee (2019) in „Die Liebe und das kleine Herz" beim Lebenshilfe Verlag
- Wolfsriss im Forstenrieder Park (2019) in „Lynchen in München" beim Dirk-Laker-Verlag
- Die Jägerin von Volkach (2019) in „Jagdfieber in Franken" Iatros Verlag

- Albwolf (2019) bei Oertel + Spörer / Reutlingen
- Tödliches Cannstatter Zuckerle (2021) bei Oertel + Spörer / Reutlingen
- SchwabenSchatten (2022) bei CW Niemeyer / Hameln
- Tod am Schwedenkai (2022) bei CW Niemeyer / Hameln
- Schüsse am Schiffercafé (2023) bei CW Niemeyer / Hameln
- Einer weniger (2024) in MORDSKERLE MORDEN ANDERS bei Early Bird Books

KAI BLIESENER

Geboren 1971 in Waiblingen, aufgewachsen in Fellbach (Rems-Murr-Kreis, Baden-Württemberg. Er lebt inzwischen mit seiner Familie in Weinstadt. Zusammen mit Jochen Faber hat Bliesener bereits mehrere Publikationen redaktionell begleitet, darunter „Strategie Zukunft - 60 Jahre IG Metall Baden-Württemberg" (erschienen 2010) sowie „...und wenn die Welt voll Teufel wäre", eine biografische Arbeit über den legendären IG Metall Bezirksleiter Willi Bleicher (erschienen 2011).

Seit über zwanzig Jahren als Kommunikationsexperte, Mediendesigner und Pressesprecher für verschiedene Verbände und Unternehmen tätig. Bliesener leitet aktuell die Presse- und Öffentlichkeitsarbeit im Theaterhaus Stuttgart und ist als freiberuflicher Autor und Texter aktiv.

Bisherige und geplante Veröffentlichungen:

- 2024 - „Wein. Berg. Tod." (13.03.2024/22), Gmeiner Verlag
- 2024 - „Von leichter Schwere und schwerer Leichtigkeit" (03/23), 10 Kurzgeschichten zu den Bildern des Malers Jan F. Welker, Early Bird Books
- 2024 - „Mordskerle morden anders" (03/23), Anthologie, Early Bird Books

- 2023 – „Herbstblätter 2023", 1. Preis beim Kurzgeschichtenwettbewerb Herbstblätter, Veröffentlichung in der dazu gehörigen Anthologie
- 2023 – „Jerry Cotton – Wir jagten den Horrorkiller" (09/23), Heftroman, Bastei Verlag
- 2023 – „Jerry Cotton – Tödlicher Bestseller" (04/23), Heftroman, Bastei Verlag
- 2022 – „Herbstblätter 2022", einer von 10 prämierten Teilnehmer des Kurzgeschichtenwettbewerbs Herbstblätter, Veröffentlichung in der dazu gehörigen Anthologie

- 2022 – „Jerry Cotton – Hetzjagd in den Tod" (11/22), Heftroman, Bastei Verlag
- 2022 - „Anleger 511" (11/22), Early Bird Books
- 2020 - „Augenblicke - Bilder und Geschichten", Herausgeber, Info & Idee Medienverlag
- 2020 - „Clint Eastwood - Mann mit Eigenschaften" - Biografie, Schüren Verlag
- 2019 - „Das Brandt-Attentat", Polit-Thriller, Südwestbuch Media Verlag
- 2019 - „Die Conrad-Verschwörung", Polit-Thriller, Südwestbuch Media Publishing
- 2018 - „Die Watson-Legende", Polit-Thriller, Südwestbuch Media Publishing
- 2012 - „Handbuch Medien machen" (überarbeitete Neuauflage 2015), Schüren Verlag

Rudolf Georg und Alessio Guerrini

sind die Pseudonyme eines Stuttgarter Rechtsanwalts, der neben seinem Beruf das Schreiben von Kriminalromanen für sich entdeckt hat. In seinem „Brotberuf" argumentiert er, überzeugt oder überredet manchmal auch, stets ist die Sprache sein Handwerkszeug. Neben zahlreichen Fachveröffentlichungen will er auch etwas völlig anderes schreiben – etwas, das Spaß macht. So hat er mehrere Kurzgeschichten, eine Kriminovelle und mit „Sünde des Schweigens" seinen ersten Kriminalroman vorgelegt. Mit „Die Toskana, die Kunst und der Tod" – so der bisherige Arbeitstitel – wird im Frühjahr 2025 sein erster Krimi erscheinen, der in Italien spielt.

SÜNDE DES SCHWEIGENS
Kriminalroman von Rudolf Georg

Während eines abenteuerlichen Urlaubs in Mali gerieten Margarete Schönfelder, Tochter eines schwäbischen Unternehmers, und ihr Ehemann Erich in Geiselhaft. Er kam frei, sie starb. Als der junge Anwalt Dr. Jean-Jacques „Joja" Seltenreich den Ehemann in einer Verwaltungsrechtssache vertritt, keimt in ihm ein ungeheuerlicher Verdacht auf. Wie aber soll sich ein Anwalt nun zwischen der ihm vom Gesetz auferlegten Schweigepflicht und seinem Gewissen entscheiden? Die Lösung ist gefährlich, denn sein Gegenspieler ist nicht zimperlich …

Gmeiner-Verlag, ISBN 978-3-8392-2476-2

DIE TOSKANA, DIE KUNST UND DER TOD (Arbeitstitel)
Kriminalroman von Alessio Guerrini

Der aktuelle Diebstahl eines Gemäldes aus dem Nachlass einer alten Dame führt zu einem spektakulären Kunstraub Ende der 1990er aus einem Florentiner Museum, bei dem ein Wachmann getötet wurde. Einem ehemaligen deutschen Kriminalpolizisten, der in der Toskana seinen Ruhestand genießen will, wird „ein Angebot gemacht, das er nicht ablehnen kann", um das Gemälde aus dem Nachlass wiederzufinden. Die Suche nach dem Gemälde wird für ihn persönlich gefährlich, dennoch will er auch den Cold Case lösen.

Gmeiner-Verlag, Frühjahr 2025

Weitere Veröffentlichungen

- „Begegnung", Kurzkrimi, in: Marc Bensch / Joachim Speidel (Hrsg.), Anthologie (W)Ortreich, Jahrbuch des Stuttgarter Autorenstammtischs 2019 (ISBN 978-3748178088)
- „Glück und Glas – oder: Die Selbstbefreiung des Glasbläsers", Kurzkrimi, in: Kai Bliesener (Hrsg.), Augenblicke: Die Geschichten von Bildern, erzählt mit dem Blick von Autoren (ISBN 978-3931112400)
- „Schnecken schecken", Kurzgeschichte, in: Marc Bensch / Joachim Speidel (Hrsg.), Anthologie (W)Ortreich, Jahrbuch des Stuttgarter Autorenstammtischs 2021 (ISBN 978-3752672558)
- „Fit in Social Media", Cyber Crime für die Authors' Challenge, eBook (ASIN: B09HKJGYZR)
- „Kunstvoll gelöst", Kurzkrimi, in: Lamberts/Schmid-Spreer (Hrsg.), Unter dem Olivenbaum, Frühjahr 2024 im my show-Verlag
- „Die Ferien des Herrn Isenburg", Kriminovelle, in: MordsKerle - Morden Männer anders?, Frühjahr 2024 bei Early Bird Books

Rudolf Georg ist Mitglied im BVjA (Bundesverband junger Autorinnen und Autoren) und im SYNDIKAT (Verein für deutschsprachige Kriminalliteratur).

Joachim Speidel

Geboren in Balingen am Fuße der Schwäbischen Alb. Hat in Tübingen, Germanistik, Geschichte und Politik studiert. War anschließend fast ein Vierteljahrhundert als Medienlektor in einem Medienunternehmen im Raum Stuttgart tätig. Lebt und arbeitet jetzt in Waiblingen im Remstal als freier Lektor und Autor von Kurzgeschichten und Romanen.

War nominiert für den Agatha-Christie-Krimipreis des S. Fischer Verlags 2013 und 2014 und für den Münchner Kurzgeschichtenwettbewerb 2017. Stipendiat des Förderkreises deutscher Schriftsteller in Baden-Württemberg 2018.

Unter seinem Pseudonym J. S. Frank hat er die beiden Thrillerserien »SMASH99« und »RACHE« im Verlag Bastei-Lübbe veröffentlicht.

Er ist Mitglied im BVjA (Bundesverband junger Autorinnen und Autoren) und beim SYNDIKAT (Verein für deutschsprachige Kriminalliteratur).

Veröffentlichungen (Auswahl):

- 2013: »Die einzige Zeugin«. Kurzgeschichte in der Anthologie: »Eine Frage des Alibis«. S. Fischer Verlag.
- 2014: »Verdächtig!«. Kurzgeschichte in der Anthologie: »Heute hier, morgen Mord«. S. Fischer Verlag.
- 2014: »Short Fuse«, Kurzgeschichte in der Multimedia-E-Book-Anthologie »Wörterkino«. Strombuch Verlag.
- 2015: »AP«, Kurzgeschichte in der Anthologie »PSYCHONYMOUS – Vergeltung« nach dem Schreibwettbewerb »Psychopath«. Chiliverlag.
- 2015: »Rettung aus höchster Not«, Kurzgeschichte. 7. Platz beim Schreibwettbewerb »Zeit für Dich – Zeit zum Schreiben« der Deutschen Bahn und der Süddeutschen Zeitung.
- 2016: »Stammtisch für alte Männer«, Kurzgeschichte in der Anthologie: »Nehmen Sie sich in Acht vor Perserteppichen«. »LiMa – Das Literaturmagazin des BVjA«.
- 2016-2017: »SMASH99«, 5-teilige Thriller-Romanserie, veröffentlicht unter dem Pseudonym J. S. Frank; Verlag Bastei-Lübbe.
- 2018: »Pitch me!«, Kurzgeschichte in der Anthologie: »30 – Die Anthologie zu 30 Jahren BVjA«.

- 2019: »Wer andern in die Suppe spuckt«, Kurzgeschichte in der Anthologie: »Hessen mörderisch genießen«. Wellhöfer Verlag.
- 2019: »Vom Tode auferstanden«, Kurzgeschichte in der Anthologie: »Dürer und die Fratze des Teufels«. Wellhöfer Verlag.
- 2020: »Camouflage«, Kurzgeschichte in der Anthologie: »Kreuzfahrt, Mord und Mittelmeer«. Adakia Verlag.
- 2020: »O Brother …«, Kurzgeschichte in der Anthologie: »AUGENBLICKE – Die Geschichte von Bildern, erzählt mit dem Blick von Autoren«. 2020. Info & Idee Medienverlag.
- 2020: »RACHE«, 6-teilige Thriller-Romanserie, veröffentlicht unter dem Pseudonym J. S. Frank; Verlag Bastei-Lübbe.
- 2022 »Killer vor Ort«, Kurzgeschichte in: »HERBSTBLÄTTER Weinstadt – Kurzgeschichten 2021«. 1. Preis des Kurzgeschichtenwettbewerbs.
- 2022: »… und dann kam Carla«, Kurzgeschichte in der Anthologie: »Planvoll gescheitert«. Adakia Verlag.
- 2023: »Casablanca«, Kurzgeschichte in: »HERBSTBLÄTTER Weinstadt – Kurzgeschichten 2022«. 3. Preis des Kurzgeschichtenwettbewerbs.

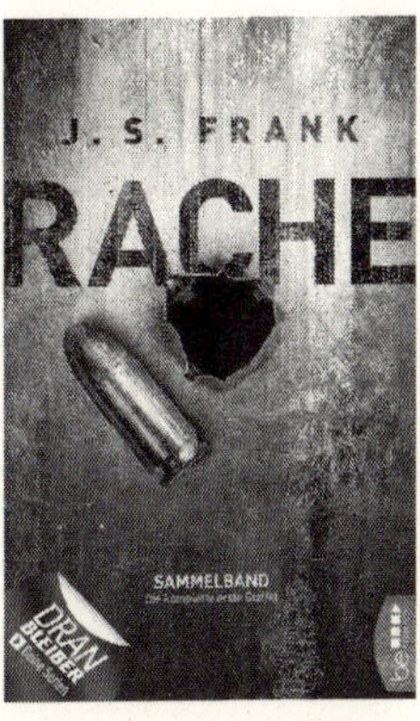

- 2023: »Hasta la Vista!«, Kurzgeschichte in »HERBSTBLÄTTER Weinstadt – Kurzgeschichten 2023«. Nominiert für den Kurzgeschichtenwettbewerb.
- 2024: »Salute«, Kurzgeschichte in der Anthologie: »Unter dem Olivenbaum«, Bd.01. myshow Verlag.
- 2024: »Tote Ratten und Gummibärchen – Von leichter Schwere und schwerer Leichtigkeit«, Kurzgeschichten zu den Bildern des Malers Jan F. Welker«. Early Bird Books

Neuerscheinungen

TOD AM BERG

Die Hütten sind geschlossen bis März – doch der Tod geht ein und aus

Raphael, von Verlusten in seiner Heimat Luxemburg gebeutelt, sucht in Südtirol einen Neuanfang. In der Abgeschiedenheit der Berge findet er in seinem Vermieter Luis einen echten Freund und kann endlich wieder durchatmen. Doch seine Suche nach Frieden wird zum Albtraum, als er beim Wandern auf mehrere Leichen stößt. Auch Luis' Erzfeind, mit dem dieser zuvor ein Handgemenge hatte, wird übel zugerichtet gefunden. So geraten Raphael und Luis immer mehr ins Visier der ermittelnden Einheiten, die ihrerseits mehr mit Zuständigkeitskämpfen als mit der Aufklärung beschäftigt sind. Da Luis die Berge kennt wie kein Zweiter, stellen Raphael und sein Vermieter selbst Nachforschungen an. Dabei kommen sie der Lösung des Falls nahe. Gefährlich nahe ...

Als Taschenbuch und als Hörbuch im Stream.
QR-Code scannen und reinhören.